E. E. RICHARDSON

13 PASSI ALLA PORTA DEL DIAVOLO

traduzione di Maurizio Bartocci

MONDADORI

Per i miei genitori e David

ragazzi.mondadori.com

Titolo dell'opera originale *The Devil's Footsteps*
Prima edizione maggio 2006
Stampato presso Mondadori Printing S.p.A.
Stabilimento N.S.M., Cles (TN)
Printed in Italy
ISBN 88-04-55775-3

1

Per primo viene il fuoco, il sangue per secondo...
— E dai, Bryan!
Terza è la tempesta, che al quattro annega il mondo...
— Ma cos'è che ti mette tanta paura?
Al cinque c'è la rabbia, al sei l'odio abissale...
— Non crederai veramente a queste scemenze, eh?
Settima è la paura, ottavo il piú gran male...
— Credi forse che l'Uomo Nero venga a prendermi?
Il nove è la tristezza, e dieci fa il dolore...
— È solo uno stupido gioco.
All'undici la morte... poi il dodici, l'amore...
— È solo una specie di rima per saltare la corda.
Tredici passi alla porta del Diavolo...
— Hai mai visto morire qualcuno a causa di una filastrocca per saltare la corda, Bryan?
Dall'Uomo Nero non si torna, non si torna davvero...

Adam!

Bryan si svegliò, come sempre, con un grido muto e le lenzuola incollate addosso per il sudore. Era piena estate; fuori l'erba stava seccando e anche all'ombra il cemento era rovente. Ma lui aveva ancora i brividi.

I brividi che lo assalivano immancabilmente d'estate.

La gente credeva che fosse l'inverno a essere un brutto periodo, il periodo in cui ci si raggomitolava sotto le coperte per nascondersi dalle cose cattive che c'erano fuori. Ma l'inverno era solo monotono e buio. Bisognava aspettare che arrivasse l'estate, luminosa e piena di sole, perché le ombre piú nere cominciassero a uscir fuori.

E non appena l'aria iniziava a riscaldarsi, Bryan avvertiva subito la presenza dell'Uomo Nero. Era quella la sua stagione. Il sole nel cielo e gli uccelli tra gli alberi... e l'Uomo Nero nelle ombre.

Ce l'aveva messa tutta per convincersi che era tutto frutto della sua immaginazione, dei ricordi distorti. Quando era accaduto, aveva otto anni; adesso ne aveva tredici. A quel tempo era solo un bambino e il suo cervello gli aveva fatto vedere l'Uomo Nero perché a quello stavano giocando. I Passi del Diavolo erano solo dei sassi e l'Uomo Nero non si era ancora portato via Adam.

Ma era proprio la voce di Adam che Bryan sentiva ogni volta che tutto questo si ripeteva. Adam che rideva, che lo provocava e lo prendeva in giro perché non era riuscito a terminare la rima, scappando via prima di arrivare al tredicesimo passo. Adam si prendeva gioco dell'Uomo Nero.

Al solo menzionare l'Uomo Nero, si mettevano tutti a ridere. Era lo spauracchio dei bambini. L'Uomo Nero di Redford. Che storiella stupida e infantile! Ridevano tutti e tutti si stringevano nei cappotti, dicendo: — Ehi, ma non sentite che freddo fa qui? Mi sa tanto che questo sarà un inverno da lupi. — Bryan avrebbe potuto dirglielo che non era dall'inverno che dovevano guardarsi.

Bryan si asciugò il sudore freddo e scese dal letto,

perché avere paura dell'Uomo Nero non ti consentiva certo di non andare a scuola. E neppure cancellava la scomparsa di tuo fratello.

I suoi genitori erano già scesi e conversavano tranquillamente mentre facevano colazione. Tutto sembrava normale. Solo chi fosse già stato lí cinque anni prima avrebbe capito che qualcosa era cambiato, che qualcosa non c'era piú. Qualcosa che avrebbe dovuto essere lí era sgattaiolato fuori nel cuore della notte, scomparendo insieme ad Adam. Anche se i suoi genitori stavano chiacchierando, Bryan era sicuro che non si stavano ascoltando davvero.

Attorno al tavolo c'erano quattro sedie e, ovunque ci si sedesse, si era costretti a condividere il desco con il fantasma di Adam. Bryan si riempí una scodella di cereali e andò a mangiarseli in salotto, seduto sul bracciolo di una poltrona. Suo fratello gli sorrideva dalle foto. Erano meglio delle altre, delle piú recenti, quelle con un vuoto a forma di Adam.

I sorrisi erano tutti uguali. Persino il suo. Bryan aveva sempre trovato un po' inquietante che tutti si somigliassero e non si distinguessero l'uno dall'altro; che potesse esserci quell'enorme *sbaglio* in mezzo alla loro famiglia e che non si notasse.

Era sempre ben felice di uscire di casa. Anche d'estate, quando fuori avrebbe potuto esserci l'Uomo Nero ad aspettarlo, era sempre meglio uscire. Starsene seduto in casa era come rimanere in una cripta in cui chi ci stava non sapeva di essere morto.

E camminando, contò i passi. Come faceva sempre; non riusciva a smettere.

Per primo viene il fuoco... il sangue per secondo...

terza è la tempesta... che al quattro annega il mondo...

I Passi del Diavolo era una delle filastrocche che si sentivano ai giardinetti, che tutti conoscevano, ma nessuno ricordava quando era stata inventata. Era un gioco, una prova di coraggio. Su qualsiasi passo si finisse, ti veniva detto in che modo saresti morto.

Al cinque c'è la rabbia... al sei l'odio abissale... Settima è la paura... ottavo il piú gran male...

Ma la leggenda narrava che, da qualche parte nel bosco, c'erano i *veri* Passi del Diavolo. Una pista fatta di sassi che non portava da nessuna parte. Ma se si percorrevano recitando la rima, a quel punto, al tredicesimo passo, l'Uomo Nero sarebbe venuto a prenderti.

E lui e Adam li avevano trovati, quei passi nel bosco. Aveva otto anni e ci aveva creduto. All'undicesimo passo gli erano ceduti i nervi ed era saltato giú dal sasso, tornando alla partenza come un fulmine. Aveva troppa paura dell'Uomo Nero. Adam invece aveva dieci anni e a quella storia non ci credeva, perché chi ha dieci anni non ha tempo per giochi stupidi come i Passi del Diavolo. E aveva voluto dimostrare a Bryan quanto fosse infantile, arrivando fino al tredicesimo passo.

Dopodiché avevano cominciato a parlarne ai notiziari e ad affiggere manifesti agli alberi, mentre poliziotti tranquilli e pazienti cercavano di farsi fornire una *descrizione* di questo "Uomo Nero", della persona che aveva portato via suo fratello. Si erano formati dei gruppi che regolarmente andavano a perlustrare il bosco, passo passo, senza tralasciare neanche un centimetro.

Nessuno, però, aveva mai trovato tredici sassi che formassero una pista. E nessuno aveva mai trovato Adam.

Però la vita era andata avanti, anche se, in quella lunga estate, Bryan non l'avrebbe mai ritenuto possibile. Era arrivato settembre, era ricominciata la scuola, e lui era lí, da solo senza Adam.

E ora eccolo al primo anno delle superiori, mentre Adam era rimasto congelato a cinque anni prima, per sempre all'età di dieci anni.

Ma in un certo senso era servito. La Redford High era una scuola nuova per lui. Adam non ne aveva mai percorso i corridoi, e quindi non c'erano fantasmi che lo seguissero ovunque andasse. E nella mischia di studenti e insegnanti non c'era posto per l'Uomo Nero. All'Uomo Nero non piacevano le folle.

Bryan arrivò in anticipo, come sempre, e andò ad aspettare il suono della campanella in biblioteca. Non che a scuola fosse solo o isolato; gli altri parlavano con lui e lui con loro, ma non era tipo da andarsi a cercare compagnia. Da piccolo aveva sempre avuto Adam e dopo la sua scomparsa non aveva mai veramente cercato di riempire quel vuoto. Non voleva portarsi gli amici in quella casa avvelenata, né voleva andare a casa loro, osservare le loro famiglie e avvertire ciò che mancava nella sua.

Non sapeva quanti altri suoi compagni fossero al corrente della sua tragedia familiare: cinque anni era un lungo periodo di tempo, e solo alcuni dei suoi vecchi compagni si erano ritrovati con lui nella nuova scuola. In un certo senso, però, sembravano consapevoli che volesse starsene per conto suo, e quando succedeva, lo assecondavano senza problemi. Lo stesso valeva per gli insegnanti, che evitavano sempre di metterlo al centro del gruppo o di farlo parlare del suo problema. Forse era un atteggiamento tipico della città di Redford, i cui abitanti sembravano non voler mai forzare certe situazioni, quasi temessero di scoperchiare qualcosa che era meglio tenere ben nascosto.

Perciò risultò insolito, addirittura strabiliante, che Smokey lo seguisse in biblioteca e gli si sedesse di fronte.

Stephen Bacon, un ragazzino snello e dalla pelle color cioccolato, si era arreso a quell'inevitabile soprannome, che significa "affumicato", già molto tempo prima che lo conoscesse Bryan, insistendo almeno perché non lo scrivessero Smoky ma Smokey, con la "e", che era meno banale. Era un ragazzino loquace e di buon carattere, di certo non un emarginato che avesse bisogno di Bryan Holden per un po' di compagnia.

— Bryan, posso parlarti un attimo? — disse con un tono di voce appena esitante.

Bryan batté le palpebre e spinse da una parte il libro. — Certo, Smokey. Che succede? — I due avevano alcune ore di lezione in comune, ma era raro che si scambiassero piú di un semplice "ciao".

— Io, ehm... — Smokey si massaggiò imbarazzato la fronte. — Ho pensato di parlarne con te, altrimenti non saprei proprio a chi dirlo.

Suo malgrado, Bryan era incuriosito. — Parlarmi di cosa? — domandò con espressione perplessa. Il silenzio mattutino della biblioteca deserta conferiva un'atmosfera di cospirazione alle loro voci sussurrate.

— Di... — Smokey allontanò la sedia dal tavolo, come per scacciare la difficoltà di trovare le parole giuste. — Cavolo, per un sacco di tempo ho creduto di impazzire — disse, continuando a massaggiarsi la fronte come se i pensieri gli facessero venire mal di testa. — Ma poi, la notte scorsa... ho visto qualcosa... vicino alla stazione. Sono sicuro di non essermelo immaginato.

S'interruppe e si guardò le dita per un tempo interminabile. Quindi sollevò di colpo lo sguardo e fissò Bryan negli occhi.

— L'ho visto, Bryan. Ho visto l'Uomo Nero.

2

Ci fu un attimo di gelo, durante il quale Bryan cercò di capire se era uno scherzo di cattivo gusto, una maniera di umiliarlo e di farlo sentire in imbarazzo per la storia che aveva riferito alla polizia tanto tempo prima, rifiutandosi sempre di ritrattare.

Smokey prese quel silenzio per una manifestazione di incredulità, o forse, adesso che si era deciso a parlare, non poteva piú fermarsi. Continuò, dunque, incespicando leggermente nelle parole, con gli occhi fissi sul piano del tavolo quasi volesse evitare di alzare gli occhi e capire a cosa stava pensando Bryan.

— È questa città... C'è qualcosa... qualcosa che non va, ma di cui nessuno si accorge. Anche se penso che lo sappiano tutti ma facciano finta di non saperlo. Insomma... cavolo, non lo so. — Scosse furiosamente la testa. — Le cose... qui le cose sono davvero *strane*. Io non sono nato a Redford; siamo venuti ad abitarci due anni fa. Nella mia vecchia città non era cosí. — Come per una specie di tic nervoso, si massaggiò di nuovo la fronte. — Qui è come se... la gente avesse perennemente paura. Forse non proprio paura, ma è come se fosse sempre nervosa, ecco. Come se stesse sempre all'erta per qualcosa di brutto che potrebbe accadere da un momento all'altro. E qui le cose succedono *davvero*. — Per una frazione di secondo Smokey rischiò di incontrare lo sguardo di Bryan. — Come quella che è successa a tuo fratello.

Bryan non disse niente. Le sapeva bene, queste cose, ci aveva pensato spessissimo, ma era la prima volta che qualcuno ne parlava a voce alta. Sempre che quei sussurri in una biblioteca vuota si potessero definire a "voce alta".

Smokey sospirò, buttando fuori l'aria di botto. — Tutto è cominciato... be', a essere sincero, è cominciato tutto non appena sono venuto ad abitare qui. All'inizio ho pensato che fosse soltanto... un posto nuovo, sai, un po' sinistro, nel quale mi perdevo in continuazione e non facevo mai amicizie. — Fece una risatina nervosa. — Un paio di volte, anzi piú di un paio di volte, sono corso a casa a tutta birra; ma se qualcuno me l'avesse chiesto, non avrei saputo dire da cosa stavo scappando.

Era una sensazione che Bryan conosceva fin troppo bene, solo che lui non correva a casa, correva e basta. Forse in passato aveva considerato casa sua come un luogo sicuro, ma ora non piú.

— A ogni modo, ho cominciato a credere che fosse tutto nella mia testa — continuò Smokey. — Che fossi diventato paranoico o roba del genere. Ma la notte scorsa... — Fece un sospiro, e quando riprese a parlare aveva la voce ridotta quasi a un bisbiglio. — La notte scorsa... non ci potevo credere.

Bryan si sporse in avanti, con una sorta di curiosità che gli faceva stringere il petto, e afferrò Smokey per la manica della camicia. — Cos'è che hai visto? — gli chiese sottovoce.

Smokey si lasciò cadere indietro sulla sedia. —

Stavo tornando a casa dopo essere andato a prendere mia sorella in piscina... mi tocca sempre accompagnarla e andarla a riprendere dappertutto, perché ha solo nove anni... e mi sono fermato a comprare una bibita all'emporio della stazione. Quando sono uscito, era come se fossero spariti tutti, compresa Nina. — Sembrava imbarazzato. — Mi sono lasciato prendere un po' dal panico. — Sbuffò stizzito e scosse la testa, quasi per prendersi in giro da sé prima che lo facesse Bryan. — Stupido, no?

— Nient'affatto — disse Bryan con un filo di voce, ripensando ad Adam.

Questa volta non fu per la vergogna che Smokey distolse velocemente gli occhi dallo sguardo di Bryan. — Comunque sia... — Deglutí a fatica. — Forse mi stavo facendo prendere dal panico piú del necessario, quando ho visto qualcosa muoversi dietro l'angolo. Non so se hai capito dove. In quel tratto erboso pieno di mattoni vecchi e altra roba.

— Ho capito — disse piano Bryan. Non aveva molte occasioni per andare dalle parti della stazione; ma sapeva che la sensazione che si aveva in quel pezzo di terra isolato era esattamente quella: la sensazione che fosse una delle dimore dell'Uomo Nero. E uno ci avrebbe pensato su due volte prima di mettersi a bighellonare lí intorno... — Non ci vado mai, là — aggiunse.

Smokey si leccò nervosamente le labbra. — Insomma, ho visto qualcosa che si muoveva... lí dietro. Be', ho pensato che fosse Nina, sapendo però che non era lei. Comunque dovevo andare per forza a vedere... — S'interruppe. — Ho girato l'angolo, ho sentito l'aria farsi piú solida, ed eccola lí... quell'*ombra*.

Per un lungo momento rimase con la testa appoggiata sul palmo della mano. — Non so... ora che te lo racconto, credo di non aver visto granché. Ma lui era *lí*. Non nei paraggi, come di solito, ma proprio *lí*. È stato come... come avere tutti i brividi possibili, e tutti insieme.

Per la prima volta, in un lasso di tempo che era sembrato lungo non si sa quante ore, Bryan parlò a voce alta. — Però non ti ha preso.

Smokey buttò fuori l'aria. — No. No — ripeté con piú decisione. — Io ero... ero come ipnotizzato. Avrei tirato dritto, pur sapendo che non avrei dovuto andarci... — Scrollò le spalle, spezzando quell'atmosfera. — E poi, sai, questo tizio sbuca da dietro l'angolo e mi fa: — Ehi, ragazzino, c'è tua sorella che ti cerca. E *sparisce*.

— Dubito che possa fare quello che vuole... agli adulti — disse lentamente Bryan. — Può non fargli vedere le cose... fargliele dimenticare, ma non può... fare qualcosa proprio davanti ai loro occhi.

— Ti prende quando sei solo — disse sottovoce Smokey. — Attira i ragazzini quando sono da soli e poi...

— Esatto. — Bryan chiuse gli occhi per un istante, sforzandosi di non visualizzare Adam mentre saltellava baldanzoso lungo la pista di sassi senza rendersi conto della forza che stava evocando. Adam, tutto solo in mezzo al bosco, con solo il fratello come testimone di ciò che stava succedendo.

E lui non l'aveva aiutato. Non aveva mosso un dito.

La campanella della prima ora suonò di colpo, facendoli sobbalzare entrambi. Smokey liberò una risata nervosa, ma Bryan non riuscí a rilassarsi abbastanza per fare la stessa cosa. D'un tratto la biblioteca sembrò troppo vuota per essere un posto sicuro.

— Usciamo di qui — disse.

Per il resto della giornata, a scuola, Bryan non incontrò piú Smokey, ma alle tre e mezzo se lo ritrovò davanti ai cancelli che lo aspettava. — Ehi, ti dispiace se parliamo un attimo? — gli chiese un po' imbarazzato.

— No — rispose Bryan con un'alzata di spalle. Forse un po' di compagnia gli avrebbe fatto bene, l'avrebbe distolto da quell'incessante conta dei passi. — Dove abiti?

— Wintergreen Avenue.

Bryan sentí un brivido freddo nella schiena. — Vicino al...

— Vicino al parco, sí.

Il parco che confinava col bosco. Bryan abitava a cinque minuti da lí, ma Wintergreen Avenue era davvero a un tiro di schioppo.

Qualcosa nel tono di Smokey, insieme al ricordo della loro conversazione in biblioteca, lo spinse a dire ad alta voce quelle parole infantili che gli vennero automaticamente in testa: — Quello... è un postaccio.

Smokey si fermò di colpo e lo guardò fisso. — Allora lo sai? Voglio dire, credevo di essere solo io...

Ripresero a camminare. Sí, Bryan lo sapeva. Non era stata solo la scomparsa di Adam a rendergli sgraditi sia il parco che il bosco. C'era qualcosa nell'aria, una sensazione impossibile da descrivere, che però ti faceva venire i brividi, ti faceva capire di essere in una delle dimore dell'Uomo Nero.

— Il parco e il bosco... e quella vecchia casa disabitata a King's Hill — disse.

— E quel pezzo di terra vicino alla stazione — aggiunse Smokey. — Sí, sí, li conosco tutti, quei posti. Non so cosa sia, ma...

— È qualcosa che si percepisce... e basta — concluse Bryan, mentre Smokey annuiva in silenzio.

Proseguirono per qualche istante in silenzio. Era un venerdí pomeriggio dell'inizio di luglio. Di solito le strade erano piene di gente che prendeva il sole o che curava il giardino, di rumorose torme di scolaretti che tornavano a casa; stavolta, invece, imboccando la traversa che da High Street portava alle loro case, non c'era anima viva.

Nell'aria tiepida regnava una sorta di quiete opprimente: non soffiava un alito di vento, non si sentiva il pigolare degli uccelli fra gli alberi. Era come camminare in una fotografia, un'istantanea delle strade fermate nel tempo, mentre il resto del mondo andava avanti senza di loro. A Bryan venne la pelle d'oca.

— Elettricità — disse all'improvviso Smokey a fior di labbra. Aveva ragione; era come se ci fosse elettricità nell'aria, come se stesse per scatenarsi un temporale.

Il sole parve oscurarsi per un istante, come se un'ombra fosse passata sopra di loro. Bryan alzò di scatto la testa, ma nel cielo non c'era niente, neppure una nuvola.

Nessuno dei due disse niente, ma accelerarono il passo. Nella testa di Bryan presero forma le parole di quella filastrocca, sfidando ogni suo sforzo per reprimerle.

Per primo viene il fuoco... il sangue per secondo... terza è la tempesta... che al quattro annega il mondo.

Strascicò i piedi per spezzare il ritmo, ma non ci riuscí, e questo fu quasi sufficiente a fargli saltare i nervi e metterlo in fuga.

Al cinque c'è la rabbia... al sei l'odio abissale.

Non voleva scappare. Era come essere in uno stupido film, inseguito da un cane ringhioso. Se continuavi a camminare lentamente, eri salvo, ma se perdevi il controllo e ti mettevi a correre, allora cominciava l'inseguimento.

Settima è la paura... ottavo il piú gran male.

Nei film c'è sempre un momento in cui uno comincia a correre, o in cui apre quella porta, quella che conduce in soffitta o in cantina o in un laboratorio o in qualsiasi posto si nasconda il mostro. E, dentro di sé, Bryan sapeva perché. Era da pazzi, da stupidi, ma *doveva* farlo.

Di colpo si ritrovò la mano di Smokey aggrappata al polso. E quello bastò a far scattare la molla: Bryan attaccò a correre, trascinandosi appresso il suo amico. E come due lepri filarono giú per la strada, quasi stessero fuggendo dalla scena di chissà quale crimine, anche se per strada non c'era nessuno. Bryan pensò che se avessero cominciato a bussare alle porte, nessuno gli avrebbe aperto per farli entrare, perché le case erano vuote o perché chi stava dentro non li avrebbe sentiti.

Gli abitanti di Redford erano bravi a non sentire.

Si ritrovarono davanti a una casa con un'alta siepe, un bell'esemplare di arte topiaria, solo che di colpo sembrò molto, molto piú alta del solito, un nero groviglio di rovi minacciosi. E poi la strada cominciò a restringersi, cosa peraltro impossibile, perché era una normalissima strada residenziale con le auto parcheggiate su entrambi i lati. Solo che adesso era un angusto sentiero in mezzo a due enormi siepi, come quelli dei labirinti, ma senza vie di fuga laterali.

Adesso non c'erano piú le auto, e anche se le case fossero state ancora lí, loro non le avrebbero viste. Ma dietro la siepe c'era *qualcosa* – oh, sí – qualcosa di grande che, correndo, soffiava e sbuffava. Ed era veloce quanto i ragazzi, anzi piú veloce, pronta a sbucare da quella siepe da un momento all'altro per avventarsi su di loro.

Le ombre che gettavano quelle siepi mostruose erano cosí nere e profonde che sembrava mezzanotte. Bryan vide davanti a sé un fioco barlume di luce, alla fine di quello scuro e angusto corridoio. Ma le siepi cominciarono ad avvicinarsi fra loro, e non per effetto della prospettiva, ma perché si stavano effettivamente avvicinando.

Bryan inciampò in qualcosa e sarebbe caduto se Smokey, sempre correndo, non l'avesse sostenuto. Vedeva la luce ingrandirsi e avvicinarsi, ma era solo uno scherzo crudele, vero? Fu un lampo di speranza che durò poco.

L'essere dietro la siepe stava quasi per prenderli. Ma ora non si trovava piú dall'altra parte della siepe, a correre e ansimare nel tentativo di acciuffarli, era alle loro calcagna, vicinissimo alle loro spalle. Si ritrovarono graffiati e lacerati dai rovi che cercavano di trattenerli, ancora per pochi istanti, prima che le siepi si richiudessero completamente su di loro.

Adesso la luce del sole era davanti a loro, e filtrava attraverso i rami intrecciati; sembravano i primi raggi dopo un'eclissi. Bryan si districò dai rovi che di colpo erano diventati come dita e si fece faticosamente largo attraverso un varco strettissimo, con Smokey sempre al suo fianco...

Sbucarono su una strada trafficatissima, in mezzo a un trambusto di clacson e parolacce. Non si sa come, riuscirono a passare in mezzo a quel caos senza farsi ammazzare e a mettersi in salvo sul marciapiede opposto.

3

A Bryan il cuore sobbalzava nel petto come se si volesse staccare. Si voltò a guardare la strada che avevano appena attraversato. Era una strada normalissima, a doppia carreggiata con tanto di marciapiedi, siepi perfettamente potate e alte al massimo due metri. Il traffico scorreva regolare. Solo allora Bryan vide gli altri ragazzini che tornavano a casa da scuola in gruppetti rumorosi.

— Non era reale — disse ansimando Smokey, che gli stava seduto accanto sul marciapiede ghiaioso.

Bryan si guardò le braccia, leggermente abbronzate sotto la sua camicia bianca a maniche corte. Erano piene di graffi, ricordo della zuffa con quei rovi ostinati. — Lo era e non lo era — ribatté.

Arrivati a casa di Smokey, si diedero una ripulita. Passata la scarica di adrenalina, Smokey si stupí di vedere che anche lui aveva le braccia coperte di lividi e graffi, e che entrambi avevano le mani piene di quella specie di sporcizia che ti rimane addosso dopo esserti arrampicato su un albero.

Bryan pensò che fosse possibile far rientrare tutto in una qualche teoria sulle allucinazioni, ma non era cosí stupido da crederci.

Se l'Uomo Nero era in giro, poteva far succedere quelle cose; il fatto che la strada fosse tornata alla normalità, non voleva dire che non fosse momentaneamente cambiata.

A casa di Smokey non c'era nessuno, cosa che alleviò il disagio di Bryan. Evitò tuttavia di guardare le foto di famiglia ammucchiate sulla mensola mentre Smokey versava succo di frutta nei bicchieri. Erano tutte foto che ritraevano fratello e sorella insieme; nessuna che denunciasse un'assenza. Una famiglia ancora sana e intera.

Andarono a bere il succo di ribes in salotto, una bevanda troppo dolce ma ottima per sedare i brividi che minacciavano di prendere il sopravvento. C'era stato un tempo in cui, per non sentirsi solo a casa, avrebbe forse acceso la TV in camera sua e avrebbe guardato i cartoni animati; adesso, invece, se ne stavano tutti e due seduti a bere, in silenzio, con gli occhi persi nel vuoto.

— Ti va di raccontarmi di Adam? — disse alla fine Smokey.

Bryan non ne era tanto sicuro, ma improvvisamente le parole cominciarono a uscirgli dalla bocca senza che se ne rendesse conto.

— È successo cinque anni fa. Ne hanno parlato tutti i giornali, ma tu ancora non abitavi da queste parti, giusto?

— Ne ho sentito parlare — replicò Smokey, sorseggiando il succo. — Mia madre mi ha messo in guardia sul bosco, dicendomi che una volta ci era scomparso un bambino piccolo. L'ho saputo a scuola che era tuo fratello e che tu dicevi che era stato l'Uomo Nero. Tutti lo dicevano come se fosse uno scherzo, ma anche come se non lo fosse, capisci?

Bryan capiva perfettamente. Risatine nervose, come quando uno fischietta passando davanti al cimitero perché non ha *veramente* paura. — Non credo sia stato l'unico. Credo che la cosa andasse avanti da anni. Da sempre, forse. La conosci quella filastrocca dei Passi del Diavolo?

Smokey aggrottò la fronte scura. — Un gioco da bambini, vero? Quando ha cominciato ad andare a scuola qui, mia sorella la cantava spesso, tornando a casa. Com'è che fa? *Per primo viene il...*

— Non dirla! — Bryan lo fermò stringendogli il braccio con fare ammonitore e piú disperato di quanto volesse essere.

Smokey assentí con la testa e leccò il succo di ribes che gli si era rovesciato sul dorso della mano e minacciava di finire sulla moquette.

— Scusa. Cioè... dilla pure. Non credo ci siano pericoli. A Redford non c'è bambino che non la canti o non faccia quel gioco: si fa da quando i miei genitori erano piccoli e anche da prima. Però circola anche quella leggenda... sai di cosa parlo?

Smokey fece segno di no con la testa.

— È come ripetere "Maria la Sanguinaria" tredici volte davanti allo specchio — continuò Bryan. — Secondo la leggenda, i Passi del Diavolo esistono veramente. Cioè, esiste veramente un sentiero nel bosco fatto di tredici passi; se lo percorri e reciti quella filastrocca arriva l'Uomo Nero.

Smokey aveva smesso di bere. — E tu l'hai trovato! — disse.

Raccontare quella storia, ripetuta infinite volte da bambino, e vederla accettata semplicemente come vera, procurò a Bryan un profondo senso di sollievo.

— L'abbiamo trovato. Avevo otto anni. Avevo... — Non era facile finire la frase, cosí finse di bere un sorso di succo. — Avevo paura, cosí mi sono tirato indietro. Adam, però, era piú grande di me di due anni e non aveva mai paura di niente. Be', almeno non quando eravamo insieme, perché io ero il piú piccolo e lui doveva farmi vedere che non aveva paura. Doveva *dimostrare* che l'Uomo Nero non esisteva. Cosí ha recitato la rima e... — Non riuscí neppure a celare il dolore che provava.

— E l'Uomo Nero è arrivato — disse Smokey. — L'hai visto... cioè, è ovvio che l'hai visto, ma lo hai *visto* veramente?

Bryan capiva benissimo cosa volesse dire. Fece per parlare, ma non trovò il modo di spiegare ciò che aveva visto, il suo vocabolario di cinque anni prima non gli serviva piú a nulla. Aveva visto e non aveva visto. Con sconfinata frustrazione della polizia, non aveva potuto fornire alcun dettaglio per ricostruire un identikit.

Si trattava di un uomo, ma era anche... altre cose. In costante trasformazione, ma sempre uguale a se stesso.

Era l'uomo del capolinea dei bus, quello con lo sguardo sinistro che una volta gli aveva fatto prendere un bello spavento; era il clown alla festa di Adam quando aveva compiuto sette anni, quello che non era stato per niente divertente, ma che aveva spaventato tutti con quel sorriso finto stampato in faccia; era il serial killer del film in seconda serata che Bryan aveva visto di nascosto quella sera, dopo che tutti erano andati a dormire, nonché la tigre sogghignante nel vecchio libro di fiabe di sua madre.

Bryan era riuscito a scorgere l'Uomo Nero soltanto per alcuni secondi, anzi meno. Ma in quel brevissimo istante aveva visto quelle immagini piú un milione di altre. Tutte le cose che lo avevano sempre spaventato sebbene le avesse cacciate in fondo alla mente e dimenticate.

— L'ho visto... Lui era... Ho l'impressione di aver visto tutto.

— Come fosse l'ombra di tutto quello che avevi già visto — convenne cupo Smokey. — Come se tutta la bontà venisse strizzata via come acqua da una spugna.

A quel punto Bryan capí che Smokey aveva davvero visto l'Uomo Nero.

Seguí un lungo silenzio.

— Cosa è successo? — gli domandò alla fine Smokey con un filo di voce.

Bryan scosse la testa. — Non lo so — ammise, torturato dai sensi di colpa. — Non ho visto niente. È arrivato l'Uomo Nero e... io me la sono data a gambe.

Poteva dire che si aspettava che Adam gli andasse dietro, ma non era vero. Non appena l'Uomo Nero si era fatto avanti per prendersi suo fratello, lui aveva capito che era troppo tardi. E anche Adam l'aveva capito in quei pochi e ultimi istanti. Bryan non ne aveva visto neppure il volto, ma l'idea che se n'era fatto gli era rimasta impressa nella mente.

Adam era cosí sicuro di sé, cosí beffardo e scettico, in apparenza. Però una piccola parte di lui sicuramente ci credeva; una vocina della paura che aveva messo a tacere per farsi bello davanti al fratellino. Per una frazione di secondo, per lo meno, aveva creduto nella forza misteriosa di ciò che stava succedendo.

E l'Uomo Nero aveva risposto al suo appello.

L'improvviso scricchiolio della porta di casa si propagò nel silenzio, facendoli sobbalzare. Smokey si passò una mano tremante fra i capelli a spazzola e rise fra sé. — Dev'essere la signora Cunningham con Nina — disse alzandosi.

Bryan scattò in piedi. — Ehm... Forse è meglio...

— No, tranquillo. — Smokey trattava con noncuranza le preoccupazioni dell'amico, senza però comprenderle. — Ignorala. Fa' come faccio io.

— Stephen? — chiamò dall'ingresso una voce di donna.

— Salve, signora C! — le rispose.

— Ah, bene. Sei in casa. Scusa se vado via subito, tesoro, ma Becca ha lezione di piano fra un'ora.

— Non c'è problema! — Poi Smokey abbassò la voce per spiegare a Bryan: — Siccome mamma è al lavoro e io non faccio in tempo, ci va lei a prendere Nina a scuola.

La scuola elementare si trovava in una zona diametralmente opposta alla scuola superiore e sgradevolmente vicina al bosco. Bryan era felice di non dover piú andare da quelle parti.

Si sentí sbattere la porta e subito dopo entrò nella stanza una ragazzina bassa e rotondetta, con lunghe trecce nere e una felpa della Woodside.

— Ehi... — Non appena si accorse della presenza di Bryan, si fermò di colpo. — Ciao.

Lo guardò con fare sospettoso. Era sempre molto cauta quando vedeva qualcuno in compagnia del fratello, casomai fosse pericoloso.

Con un cenno del capo, Smokey le indicò l'amico. — Lui è Bryan. Bryan, questa, purtroppo, è "la peste".

— Ehm... Ciao — la salutò in maniera un po' impacciata. Era da quando non aveva piú nove anni che aveva smesso di frequentare le ragazzine di nove anni, e neppure allora era granché socievole con loro. Di rado parlava con quelli della sua età, figuriamoci coi piú piccoli.

Ignorandolo, Nina guardò con aria torva suo fratello e partí subito all'attacco. — Cosa ci hai fatto con i miei CD, *Stephen*? — domandò.

— Perché mai dovrei averli presi io? — ribatté lui in tono esasperato.

— È tutta la mattina che li cerco! — protestò indignata. — Voglio portarmi il lettore CD a scuola!

— Be', vuol dire che non hai cercato bene. No?

— Non dovrei neanche cercarli, se tu non li avessi spostati!

— Ripeto, perché dovrei prendere i tuoi CD? — E si voltò per rivolgere a Bryan una lunga occhiata sofferente. — È convinta che ascolti le sue boy band. — E alzò gli occhi al soffitto.

Trovandosi a disagio in mezzo a quel bisticcio tra fratelli, Bryan riuscí ad abbozzare un goffo sorriso.

Giunta alla conclusione che, davanti a quel tipo, non fosse necessario mostrarsi beneducata, si allungò verso il bracciolo del divano e mollò al fratello un pugno sulla spalla. — Non fai altro che toccare le mie cose!

— E tu non fai altro che lasciarle in giro per tutta la casa! — ribatté Smokey.

— Ah, quindi le hai spostate tu! — disse trionfante.

— Non ho toccato i tuoi stupidi CD! Forse li ha messi via papà prima di andare al lavoro. Non fai che lasciarli in giro senza custodia e cosí si graffiano tutti...

Niente affatto impressionata, Nina fulminò con lo sguardo suo fratello. — Lo so che sei stato tu — gli disse in tono arcigno.

Liberando un lungo sospiro, Smokey guardò Bryan. — È come parlare a un muro — commentò, alzandosi. — Andiamo, Bryan! Sempre che tu non voglia startene qui ad ascoltare questa storia per altre quattro ore.

Sentendosi cosí bruscamente liquidata, Nina mise il broncio e uscí come una furia salendo in camera sua. Bryan udí l'eco di una porta che si chiudeva con violenza, un rumore che in casa sua non si sentiva piú da anni. Tutti gli Holden camminavano trascinando i piedi come morti viventi.

Uscendo nel corridoio, Smokey fece un altro sospiro. — Scusa per questa scena, ma lei... sai. — E si avvitò l'indice sulla tempia per dire che era completamente matta.

— Già — ribatté Bryan per niente a suo agio; la sua risposta, piú che per convenire con l'amico, fu solo un suono vuoto. — Senti, forse è meglio se vado. — Pur non dicendolo apertamente, lasciò intendere che i suoi genitori sentivano la sua mancanza.

— Okay, va bene. Ci vediamo... quando... quando capita.

I saluti furono resi piú goffi dalla strana circostanza che li aveva fatti incontrare.

Bryan arretrò di qualche passo. — Okay. Ci si vede, allora. — Indugiò per qualche istante sulla soglia, poi si voltò e cominciò a correre verso casa.

4

Quella sera la casa sembrava piú fredda e vuota che mai. Sua madre non disse nulla sul fatto che era rincasato mezz'ora piú tardi del solito, ma forse non ci aveva neppure fatto caso. Sebbene fosse venerdí, Bryan finí tutti i compiti e andò a letto presto. Come del resto faceva tutte le sere. Prima si addormentava, e prima si alzava e se ne andava fuori.

Quando finalmente si addormentò, fece sogni diversi.

Nei mesi invernali era normale che si svegliasse ricordando soltanto qualche breve frammento di ciò che aveva sognato. D'estate, invece, gli succedeva sempre la stessa cosa. Non era proprio un sogno, ma piuttosto un ricordo: il sarcasmo e le prese in giro di Adam mentre andava verso il suo destino. L'unica cosa che cambiò in quella notte particolare fu l'atteggiamento dell'Uomo Nero.

E quella notte *cambiarono* anche le cose.

Si trovava ancora nel bosco – prima o poi tutto riconduceva al bosco – e, non si sa come, si sentiva piú grande: l'adolescente che era adesso e non piú il bambino di allora. Vide anche il proprio corpo, un po' piú maturo anche se non ancora adulto.

E al suo fianco non c'era Adam. Pur consapevole della presenza di altre persone dietro di lui, il suo corpo non si voltò a guardare. Istintivamente avvertí la presenza di Smokey.

E non fu Adam a percorrere la pista di sassi, ma lui stesso. Bryan. "Cosa sto facendo?" si chiese. "No, fermati!" Ma era come se il suo corpo non gli appartenesse.

Alle sue spalle gli altri cominciarono a cantare in coro, e la sua voce si uní alla loro. Era un canto sinistro, simile a quello dei bambini ai giardinetti, ma piú adulto, come quello di un gruppo di fedeli raccolti in preghiera.

Per primo viene il fuoco, il sangue per secondo, terza è la tempesta, che al quattro annega il mondo.

I suoi passi seguivano il ritmo della cantilena e, mentre con la mente cercava di opporsi, il suo corpo continuava implacabilmente ad avanzare, come un robot programmato per seguire il ritmo.

Al cinque c'è la rabbia, al sei l'odio abissale. Settima è la paura, ottavo il piú gran male.

Come mai non si era fermato al sette? La "paura" era proprio il passo che lo riguardava, dato che era quello il sentimento che lo avvinghiava, che rendeva pesante l'atmosfera e gli stringeva il cuore. Cercò di riportare il battito cardiaco alla normalità, ma il suo corpo si rifiutava di obbedire al messaggio inviatogli dalla mente. Bryan era assolutamente impotente, non era piú padrone di sé.

Il nove è la tristezza, e dieci fa il dolore, all'undici la morte, poi il dodici, l'amore.

E non c'era piú tempo per lottare. *Tredici passi alla porta del Diavolo...*

Dall'Uomo Nero non si torna, non si torna davvero.

Questa volta, svegliandosi di soprassalto, non urlò il nome di suo fratello, ma produsse un suono inarticolato di puro terrore. Non era una replica dello spaventoso episodio del passato che tornava ogni volta a ossessionarlo, ma la premonizione di un nuovo e imminente terrore.

Qualcosa era cambiato. Bryan pensò che fosse per via di ciò che gli aveva detto Smokey il giorno prima. L'Uomo Nero aveva spostato l'attenzione su un nuovo obiettivo: lui.

Sudando freddo, Bryan scese dal letto e andò in bagno. Sebbene fosse ancora presto, fuori era già giorno e, tirando le tende della camera, fu investito da un'esplosione di luce che lo costrinse a chiudere gli occhi; e, anziché sparire, la sensazione di aver fatto un brutto sogno gli rimase fortissima nel petto. L'impressione di essere osservato gli faceva formicolare la pelle. Il giorno prima l'Uomo Nero l'aveva *notato*, ma non come succedeva da cinque anni, e forse nemmeno come la prima volta. Ma perché una forza cosí grande e potente doveva interessarsi a un ragazzino che aveva soltanto assistito al rapimento del fratello?

Parlarne con Smokey, però, aveva cambiato le cose. Avevano infranto il codice del silenzio che ammantava l'intera Redford... e l'Uomo Nero aveva allungato la mano, come per schiacciare pigramente una mosca molesta. L'ultima volta avevano eluso il suo influsso, forse perché si erano buttati in una strada con troppa gente. Ma se ci avesse riprovato?

Assorto in questi pensieri cupi, Bryan stava facendo meccanicamente colazione e per poco gli venne un infarto quando sentí bussare alla porta. Era troppo presto per la posta del sabato, e nessuno si recava mai in visita da loro. Pensò che forse suo padre era rimasto chiuso fuori; a volte andava a fare una passeggiata e spariva per ore senza dire dove andava e perché. Ma no, lui era in casa, stravaccato davanti alla TV. Bryan andò ad aprire.

Era Smokey. Quasi irriconoscibile con i jeans scoloriti al posto dell'uniforme scolastica, sembrava impacciato e leggermente imbarazzato di trovarsi lí. — Scusa, è un po' presto. È solo che...

— Non c'è problema. Sono già in piedi — lo interruppe Bryan, già vestito di tutto punto e pronto a scappare di casa non appena avesse assolto ai soliti riti mattutini. — Aspettami, vengo subito.

Sarebbe stato gentile invitare Smokey a entrare, ma Bryan non pensava di potercela fare. Cosí chiuse quasi completamente la porta, come per evitare che Smokey, affacciandosi nell'ingresso, vedesse l'atmosfera cupa che regnava in casa sua. Bryan andò in cucina a prendere le chiavi.

— Papà, esco. — Suo padre annuí distrattamente. — Con il mio amico Smokey — aggiunse, per vedere se almeno questa informazione avrebbe suscitato una reazione. Non sperava certo in qualcosa di sensazionale come una normale conversazione, ma almeno in un semplice "mi fa piacere che tu abbia un nuovo amico" o un altrettanto semplice "divertitevi!". Naturalmente non giunse niente di tutto questo, ma l'ennesimo, distratto, cenno del capo.

La mezza scodella di cereali di Bryan finí nello scarico del lavandino, ma neppure quel gesto suscitò commenti di sorta. I suoi genitori avevano ormai smesso di assillarlo per fargli fare i lavori di casa, per costringerlo a mangiare sano e a non rientrare tardi. Pensava che almeno quest'ultima cosa li avrebbe preoccupati, toccando una loro paura recondita, ma era come se dopo la scomparsa di Adam avessero dato fondo a tutta la loro ansia e al loro dolore, al punto di non averne piú per lui.

I suoi compagni di scuola lo avrebbero preso per pazzo, pensò mentre usciva per raggiungere Smokey, se avessero saputo che a volte li invidiava quando li sentiva protestare per la troppa severità dei loro genitori. Qualsiasi cosa, *qualsiasi cosa*, sarebbe stata meglio di cosí. A volte avrebbe voluto urlare, gridare, dire cose orrende per far arrabbiare suo padre e costringerlo ad alzare la voce o addirittura a picchiarlo, ma non ne aveva il coraggio. Che cosa sarebbe successo se, dopo aver fatto una simile scenata, i suoi genitori si fossero limitati ad annuire come se lui non ci fosse?

— Scusami — disse, chiudendosi la porta alle spalle e provando un moto di sollievo, per il quale però si sentí subito in colpa. — I miei genitori non sono... non sono ancora pronti a quest'ora del mattino. — *"Non sono piú pronti per nulla, ormai."*

— Scusami tu — replicò Smokey. — Lo so che è prestissimo, ma... — Scosse la testa. — Dopo quello che è successo ieri, non potevo proprio starmene seduto in casa a guardare la tv o a sentire la musica come se fosse tutto normale. Io... io... dovevo assolutamente uscire di casa, capisci?

— Altroché! — Bryan si sarebbe fatto volentieri una bella risata... se la cosa fosse stata anche solo lontanamente divertente.

5

Sebbene fosse ancora presto, l'aria non era affatto fredda. Tuttavia Smokey si strinse inquieto nella giacca. — Non sapevo dove altro andare — confessò. — A quest'ora non c'è niente di aperto e non mi andava di starmene in mezzo alla strada; ai miei amici, be', a loro piace andare nel bosco.

Bryan annuí. — Io di solito vado in biblioteca. — Per nascondersi, andava bene come qualunque altro posto. Il sabato non era mai troppo vuota ed era abbastanza lontana dalle minacciose dimore dell'Uomo Nero.

Passeggiando lentamente, Bryan e Smokey si diressero verso la zona commerciale. Le strade erano tranquille, ma non in modo cosí opprimente come il giorno prima. Era la tranquillità normale e sicura del primo mattino. C'erano pochissime persone e qualche macchina che passava.

Dovendo attraversare il ponte in prossimità della stazione, Bryan notò che Smokey accelerava inconsciamente il passo davanti ai gradini che portavano al binario.

— Chissà perché — disse pensieroso una volta passati oltre.

— Perché cosa? — domandò Smokey. Fino a quel momento avevano camminato in silenzio.

— Perché quel pezzo di terra vicino alla stazione? Non c'è niente. — Che strano. In tutti quegli anni aveva sempre accettato l'Uomo Nero come un semplice dato di fatto, inevitabile, immutabile, ma adesso che aveva qualcuno con cui *parlarne*, si accorse che tutte quelle domande cominciavano a ribollire in superficie. — Insomma, capisco il bosco e quella casa a King's Hill... Be', di storie ne sono sempre circolate un sacco su quel posto.

— Ho sentito dire che ci si è impiccato un tale — disse Smokey con spontaneità.

— Può essere. Ma io volevo dire che... Se quella è una casa stregata, allora il suo potere, là dentro, avrebbe senso. E anche il bosco, certo. — In quel momento voleva quasi smettere di parlarne. — Ma perché dietro la stazione?

Smokey corrugò la fronte e scosse la testa. — Non lo so. È solo che... Perché succedono queste cose? — sbottò all'improvviso. — Bambini che scompaiono... Succede di continuo e nessuno se ne accorge! Nessuno si ferma a dire: "Ehi, cosí non va, non è mica una cosa normale." Invece nessuno dice *niente*!

— A volte penso che se ne accorgano — disse Bryan. — Se ne accorgono, ma fanno finta di niente.

— La odio, questa città — disse Smokey sottovoce.

Arrivarono in biblioteca proprio mentre stava aprendo, e le uniche persone presenti erano un vecchio che guardava accigliato gli scaffali pieni di libri e un adolescente chino su un mucchio di quotidiani, forse intento a fare una ricerca scolastica. Bryan e Smokey passarono loro davanti e andarono a occupare un tavolo nell'angolo piú lontano.

— Dovremmo fare qualche ricerca su questa roba — disse.

— Eh? Su che roba? — domandò Bryan.

— Sai... la stazione e tutto il resto. Da qualche parte dovranno pur esserci dei libri sulla storia di questa città.

— Immagino di sí. — Bryan non aveva mai neppure provato a informarsi sulla storia dell'Uomo Nero; faceva fatica a credere che fosse mai stata messa per iscritto. Ma forse esisteva un qualche indizio sul perché quel pezzo di terra dietro la stazione appartenesse a lui. — Vado a chiedere alla bibliotecaria.

Si aspettava di suscitare una reazione di sconcerto o di stupore per aver rotto il codice del silenzio di Redford. La bibliotecaria invece gli indicò lo scaffale giusto come se le fosse stata rivolta una domanda qualsiasi. — State facendo una ricerca per la scuola? — gli chiese.

— Piú o meno.

— È bello che finalmente tu abbia un amico — aggiunse con un sorriso. E Bryan rimase colpito che quella donna, che non conosceva neppure il suo nome ma lo vedeva sempre in biblioteca, fosse probabilmente piú in pena per lui dei suoi genitori, i quali invece non si rendevano neppure conto che passava cosí tanto tempo da solo.

I libri che gli aveva indicato si trovavano nell'angolo in cui sedeva il ragazzo piú grande, che nel frattempo era scomparso da qualche parte, forse nello scantinato a cercare altri quotidiani. Passando davanti al suo tavolo, Bryan lasciò cadere l'occhio sul quadernone aperto.

Vide una lista di nomi, ciascuno corredato da un mese, da un anno e da un altro numero. Gli ci volle un po' per capire che era l'età, perché il numero piú alto arrivava a sedici.

Scrollò le spalle e fece per allontanarsi quando improvvisamente si rese conto di aver colto un nome in particolare. Scorse di nuovo quell'elenco e lo trovò: Jeanne Wilder. La data era l'aprile di quell'anno e gli anni quindici. D'un tratto si ricordò di una foto che tappezzava le porte di tutti i negozi del centro commerciale. Quel genere di avvisi tutt'altro che rari a Redford. C'era scritto SCOMPARSA e sotto l'istantanea un po' sfocata... non c'era scritto proprio quel nome, Wilder?

Percorso da un improvviso brivido di freddo, Bryan voltò le pagine all'indietro. L'anno prima. Tre anni prima. Cinque anni prima...

Ed eccolo lí. Adam Holden. Dieci anni. E accanto alla lettera A del nome c'era un asterisco disegnato con la penna blu. Di quei segni ce n'erano parecchi, tutti di colori diversi, ma la maggior parte dei nomi non avevano niente o solo un punto interrogativo a matita. Bryan voleva afferrarne la chiave, capire il significato di quei segni, ma dopotutto si trattava degli appunti personali di un'altra persona.

Girò le pagine con sempre maggiore velocità: 1990... 1980... 1970... 1960. Gli elenchi dei nomi cominciavano a farsi sempre piú esigui fino a esaurirsi verso il primo quarto del secolo. Era cominciato tutto allora, o semplicemente non esistevano prove di bambini scomparsi in precedenza? A quell'epoca Redford doveva essere molto piú piccola.

Tutti quei decenni di scomparse... Eppure nessuno sembrava essersene mai accorto.

Aggrottando le ciglia, guardò di nuovo il quaderno. A quanto pareva, invece, qualcuno se n'era accorto.

Bryan girò un'altra pagina e si ritrovò all'inizio del quaderno. Scritta ordinatamente a penna, un'etichetta posta all'angolo superiore interno dichiarava che il quaderno apparteneva a "Jake Steinbeck – 10° D". Anche i suoi quaderni di scuola erano etichettati allo stesso modo, ma dubitava che quella fosse una ricerca assegnata da un insegnante della Redford High.

All'interno della copertina c'era una tasca di plastica piena di fotocopie stropicciate; la prima era una cartina della città. Sia il bosco che King's Hill erano segnati con un asterisco: il bosco in blu, per richiamare quello accanto al nome di Adam. Una linea verde incerta e ondeggiante era stata tracciata intorno a una zona che comprendeva la stazione, come se chi l'aveva fatta non fosse del tutto sicuro di dove collocare il terzo segno.

Qualcuno si schiarí la gola, e Bryan sobbalzò come se l'avessero sorpreso a sbirciare qualcosa di indecente. Il proprietario del quaderno lo fulminò con uno sguardo torvo. Era piú alto di Bryan di almeno una spanna – avrà avuto quindici anni – e aveva capelli neri da punk e un giubbotto sportivo scolorito. Bryan lottò con l'impulso di dire: "Il signor Steinbeck, immagino."

— Trovato niente di interessante? — gli chiese il ragazzo con un tono di sfida nella voce. Bryan pensò che il ragazzo avesse in mente esattamente ciò che aveva in mente lui mentre parlava con la bibliotecaria, quando si era chiesto se qualcuno si sarebbe messo a discutere con lui per il fatto che ficcava il naso negli angoli piú oscuri di Redford.

La sensazione di avere qualcosa in comune con quel ragazzo lo spinse a cogliere l'occasione. — Un sacco di cose. Ah, a proposito, è qui — rispose battendo il dito sulla cartina fotocopiata.

— Cosa? — L'astiosa aggressività si stemperò nella perplessità.

— Il terzo posto. Quel pezzo di terra incolto dietro la stazione. Immagino sia piú difficile da localizzare perché, se è lí che i bambini scompaiono, la gente è portata a credere che siano scappati dalla città. Io, però, sono convinto che qualcuno ci sia morto.

Bryan sollevò lo sguardo su Jake e notò che aveva la stessa espressione di stupore che aveva probabilmente avuto anche lui quando Smokey gli aveva parlato dell'Uomo Nero per la prima volta.

6

Bryan si accorse che nel frattempo si era avvicinato anche Smokey. Jake si voltò per un istante a guardarlo e poi, con un'espressione confusa, chiese a Bryan: — Ma voi due, chi siete?

— Io sono Bryan, Bryan Holden. E lui è il mio amico Smokey. — Il suo interlocutore corrugò la fronte come se li avesse quasi riconosciuti. — Il fratello di Adam Holden.

— Oh! — La confusione subito svaní, e Jake svuotò il raccoglitore di fotocopie e cominciò a cercare. Spiegò per bene un articolo di giornale sul tavolo mentre gli altri due si chinavano a guardare. Quell'articolo Bryan non se lo ricordava, ma la foto fu come un pugno nello stomaco. Era una foto scolastica, l'ultima che avevano fatto insieme. Lui e Adam seduti vicini sulla panchina; piú che sorridere, Adam sogghignava... nella foto non si vedeva che stava torcendo il braccio del fratello dietro la schiena per fargli fare una smorfia.

Sopraffatto dalle lacrime che ogni tanto gli salivano ancora agli occhi, Bryan distolse per un istante lo sguardo. Subito, però, ricacciò le emozioni dentro di sé, là dove di solito le teneva ben nascoste, e si costrinse a leggere l'articolo.

Per lo piú riferiva i fatti correttamente. Diceva che i due fratelli stavano giocando insieme nel bosco quando a un certo punto il piú grande era stato rapito. Stando all'articolo, Bryan aveva descritto l'assalitore del fratello come "un uomo nero"; forse, ipotizzava il giornale, un uomo di colore, o un uomo dai capelli neri vestito di nero. Dei Passi del Diavolo, però, non si faceva cenno.

Le parole "bosco di Redford", "scomparso" e "uomo nero" erano state messe in risalto con un evidenziatore. — Una storia già sentita — disse in tono discreto il ragazzo piú grande. — A proposito, io sono Jake — aggiunse — Jake Steinbeck.

— Lo so — rispose distratto Bryan, continuando a leggere l'articolo.

— Ah, sí? — sbottò bruscamente l'altro.

— È scritto dentro la copertina del tuo quaderno.

— Ah. — Per un istante Jake parve colto alla sprovvista. — Ehm... Okay.

— Perché raccogli questa roba? — gli domandò Smokey. Bryan abbassò l'articolo di giornale e sollevò le sopracciglia, in un'espressione interrogativa, a sostegno dell'amico.

Jake si sedette sull'angolo del tavolo. — Avevo un'amica. Si chiamava Lucy Swift. Era una che si cacciava sempre nei guai... fumava, beveva... quel genere di cose insomma. Ma non era il genere di ragazza che la gente credeva. Ed era davvero intelligente. — Fece una lunga pausa e poi guardò fisso Bryan. — Tutti dicevano che era scappata di casa, ma si *sbagliavano*. Io la conoscevo bene: non avrebbe mai fatto una cosa del genere. È scomparsa un anno fa e di lei non si è piú saputo nulla.

— Pare che succeda assai spesso, da queste parti — commentò Smokey con aria tetra.

Jake sollevò serio lo sguardo su di lui e, battendo il dito sul suo raccoglitore di dati, rispose: — E questi non sono nemmeno la metà. Io guardo, ascolto e... — S'interruppe. — Qui scompaiono i bambini. E *molti*. Uno ogni due mesi circa, a dir poco. So che ai bambini possono succedere un sacco di cose, ma questi spariscono. Spariscono *completamente*. Decenni e decenni di scomparse, e nessuno è mai stato ritrovato.

— Perché li ha presi lui — disse Bryan in tono freddo e rabbioso.

— L'Uomo Nero? — chiese Jake.

Bryan fece segno di sí con la testa.

— Tu l'hai mai...? — azzardò Smokey. — Tu hai mai, ehm, hai mai *visto* niente?

Jake aggrottò la fronte. — Visto...?

— L'Uomo Nero — chiarí Bryan. — Hai mai visto l'Uomo Nero da qualche parte? O qualcos'altro... di strano? Nel bosco o vicino alla stazione, o... altrove.

Jake fece segno di no con la testa. — No. No. Non ho mai visto niente del genere. Ma ho sentito un sacco di cose folli... Eppure, piú leggo — disse abbassando gli occhi sui suoi appunti — e piú comincio a crederci.

— Credici pure! — ribatté brusco Bryan. — È tutto vero.

Jake esitò, poi si alzò e andò allo scaffale lí accanto. Tirò giú un volume sulla storia locale e cominciò a scorrerne le pagine. — Ho letto un sacco di libri di storia, ma nessuno dice granché su queste leggende. Secondo me questo è il migliore di tutti, anche se... Ah, sí, ecco qua. — Il suo modo di fare ricordava a Bryan certi insegnanti, quelli con la passione per i libri, ed ebbe l'impressione che Jake amasse la lettura e la ricerca già prima della scomparsa di Lucy.

— Cosa dice? — domandò Smokey sporgendosi in avanti.

— Non molto. L'Uomo Nero bla bla bla... leggenda locale, simile alle molte sui vari spauracchi. Ladro di bambini, mai visto dagli adulti, si ritiene abiti il bosco di Redford e si approfitti degli sprovveduti presentandosi in forma di terribili incubi. Credo sia tutto. No, un attimo, c'è qualcos'altro sul bosco. Un accenno alla leggenda dei Passi del Diavolo. C'è una versione della rima.

— Non leggerla forte! — dissero Bryan e Smokey all'unisono.

La bibliotecaria rivolse loro un'occhiata interrogativa, e Bryan si fece piú vicino agli altri due. — Credo che qui dentro siamo al sicuro — disse guardandosi attorno e notando che nel frattempo erano arrivate parecchie altre persone. — Ma non tirare troppo la corda, intesi?

Jake guardò entrambi con un'espressione pensierosa. — Voi ci credete veramente, dico bene?

— Sappiamo cosa abbiamo visto — disse Smokey in tono deciso.

— Be', io no — dichiarò Jake. — Ditemelo!

E glielo dissero. Gli raccontarono di Adam, di ciò che aveva visto Smokey alla stazione, e di quello che era successo il giorno prima.

Terminato il racconto, Jake fissò entrambi molto attentamente, come per capire se avessero mentito. Poi chiuse di scatto il quaderno e annunciò: — Io vado nel bosco.

— Non farlo — gli consigliò Bryan, scuotendo la testa. — Dammi retta, non farlo.

— Voglio vedere *qualcosa* anch'io — sbottò Jake. — Mi spiace, ma devo proprio farlo. Non sono cieco e so che lí succede qualcosa. E so che credete veramente a quello che raccontate. Ma se volete che ci creda anch'io, be', dovrò vederlo coi miei occhi.

Smokey si strinse nelle spalle e rivolse uno sguardo carico di attese a Bryan, il quale emise un profondo sospiro. — Okay — disse. — Okay, forse hai ragione. Forse, anziché lasciare che sia lui a darci la caccia, dovremmo andare noi a cercarlo. — Nonostante l'avesse detto con voce decisa persino per le sue orecchie, si sentí accapponare la pelle. — Non nel bosco, però — si affrettò ad aggiungere. — In qualsiasi altro posto, ma non lí.

— A King's Hill — suggerí prontamente Smokey. — In quella vecchia casa. Io non ci sono mai stato, però... — E rabbrividí. — Giuro, è una sensazione che ti prende solo a passarci davanti.

— Negli ultimi anni ci sono scomparse ben tre persone — li informò Jake. — I giornali ne erano al corrente — aggiunse. — Per sfida, due ragazzini ci andarono nel cuore della notte e non fecero mai piú ritorno. Un bambino piccolo fu rapito proprio davanti a quella casa mentre la madre era girata a guardare dall'altra parte.

— E scommetto che non sono stati gli unici — osservò Bryan. — Ragazzini che ci sono andati da soli, senza dire a nessuno dove stavano andando.

E adesso loro volevano fare esattamente la stessa cosa. Ma erano impazziti? Era questo che gridava una parte di loro, anche se il resto pensava intorpidito: "Accidenti, perché no?" Tanto, che cosa cambiava? Meglio andare dritto dall'Uomo Nero e dirgli: "Avanti, su! Fallo!", anziché farsi piccoli piccoli per la paura e rimanere in attesa.

— Dunque, secondo te, se andiamo là, vedremo... vedremo qualcosa? — Jake ce la stava mettendo tutta per non fare lo scettico, anche se una punta di sfiducia trapelava dalla sua voce.

— Ne sono convinto — rispose Bryan, lanciando uno sguardo a Smokey. — Ieri... eravamo in un posto qualsiasi, eppure... eppure il solo fatto che parlassimo di lui, che avessimo rotto il silenzio, è bastato perché ci notasse. Dopo quello che è successo ad Adam, si sarebbe potuto mettere dietro a me un milione di volte; è evidente che non gli importava granché che io fossi presente. Ma nel momento in cui eravamo in due a scambiarci impressioni... questo ha attirato la sua attenzione.

Però in due era stato meno terribile. Oh, in quel momento si era preso un bello spavento, anche se era servito avere qualcuno a cui dire poi: "Accipicchia, che strizza." Perché era cosí che superavi la paura, pensò: parlandone con qualcuno affinché non continuasse a frullarti nella testa al punto che non riuscivi piú a capire se era accaduto veramente o se era solo una fantasia.

— Ma *io* non ho mai visto niente — rimarcò Jake. — E sono mesi che indago su queste scomparse.

Bryan aggrottò la fronte. — Be', forse, se stai con noi... Accidenti, non lo so. — Ma ebbe uno strano presentimento, una sorta di istinto, che gli suggeriva che se Jake non aveva mai visto l'Uomo Nero, allora era come tutti gli altri, come quelli che guardavano dall'altra parte, negando l'evidenza.

Forse anche Smokey provava la stessa sensazione, perché disse: — Sei proprio *sicuro* di non aver mai visto niente? Ma proprio niente?

— Be'... — Per un istante qualcosa nello sguardo di Jake indusse Bryan a pensare che fosse sul punto di rivelare loro qualcosa. Ma poi scosse la testa e si limitò a dire: — No, niente. — Facendo scivolare il quadernone sul tavolo, lo lasciò cadere in uno zaino nero e, con un movimento deciso del polso, chiuse la lampo. — Andiamo a King's Hill.

7

King's Hill era una salita molto ripida, difficile da fare a piedi, era piú una specie di otto volante da percorrere in discesa in bici o con lo skate-board. Adam si era sempre preso gioco del fratello piú piccolo ogni volta che l'avevano fatta insieme, ridendo della sua paura per quella specie di precipizio. Bryan non gli aveva mai detto che non era tanto la velocità con cui scendevano a metterlo in agitazione, quanto piuttosto la casa disabitata sul lato sinistro, con le finestre nere che sembravano guardare come occhi senza vita. Aveva sempre avuto la convinzione che il giorno in cui avessero fatto la discesa a capofitto, qualcosa sarebbe sbucato da quella casa tetra e gli si sarebbe parato davanti, senza lasciargli il tempo di cambiare direzione.

Oggi non faceva piú la discesa a tutta birra in bicicletta; la bici, su cui andava quando aveva otto anni, ora se ne stava a raccogliere polvere nella rimessa, accanto a quella grande, da corsa, di Adam, che un tempo era troppo grande per Bryan, ma che adesso avrebbe anche potuto usare se il solo pensiero non l'avesse fatto star male fisicamente.

Probabilmente, la bici sarebbe rimasta dov'era per sempre. La sua avrebbero potuto anche buttarla, ma quella di Adam no, perché sua madre conservava ogni cosa di Adam. Le cose di Adam erano state messe dentro degli scatoloni che erano ancora nella sua stanza. Una stanza in cui Bryan non metteva mai piede. Quegli scatoloni avevano un qualcosa di orribilmente provvisorio, come se Adam fosse appena uscito di casa e potesse tornare da un momento all'altro.

La scarpinata su per la salita era faticosa proprio come ricordava. Jake, piú grande di due anni e molto piú alto, aveva le gambe lunghe e lo sorpassò senza fatica, semplicemente con un passo normale, mentre il piú atletico Smokey non aveva problemi a stargli dietro a passo di corsa. In fatto di corse, Bryan aveva già fatto la sua parte negli ultimi cinque anni, ma si era sempre trattato di brevi scatti veloci dettati dalla paura, un fuggire a gambe levate dalle cose in agguato fra le ombre. Una corsetta sostenuta non era esattamente il suo forte, e il sole caldo di luglio non gli era certo d'aiuto.

Quando arrivarono in cima alla collina e la casa disabitata si profilò davanti ai loro occhi, Bryan ansimava come un mantice. Per fortuna da quel punto la strada era tutta in discesa. Bryan si sentí irresistibilmente attratto verso la casa, sempre piú velocemente, come se un ragno lo stesse attirando al centro della sua tela.

Le case di King's Hill erano simili a quelle della strada nella quale abitava lui, una via di mezzo fra la zona piú degradata e fatiscente e la parte "bella" di Redford, dove vivevano i ricchi. Le costruzioni erano piuttosto vecchie, risalivano tutte agli anni Trenta e Quaranta, ma erano in ottime condizioni. Erano differenti l'una dall'altra, e questo costituiva un piacevole diversivo rispetto alla parte nuova della città, dove l'unica varietà nelle file di villette a schiera era data dal colore delle porte.

Nonostante la singolarità di quelle case, il numero 29 spiccava su tutte.

Quando era nato Bryan, la casa era già disabitata; a volte pensava che lo fosse sempre stata, sin da quando era stata costruita, tanti decenni prima. In un angolo del giardino c'era un cartello malridotto con su scritto VENDESI, sul quale però non c'era neppure un numero di telefono, come se chi ce l'aveva messo volesse rimarcare il fatto che la casa era vuota, piú che trovare qualcuno che ci andasse a vivere.

La casa era una strana contraddizione di degrado e di ordine. Il giardino, sia davanti che sul retro, era una specie di giungla, ma senza lattine di birra vuote o mucchi di rifiuti abbandonati. Pur non essendo stati protetti con assi di legno, i vetri delle finestre erano intatti. La muratura si stava sgretolando, ma nessuno ci aveva fatto sopra dei graffiti. Redford era una città tranquilla – almeno in apparenza – ma era davvero difficile credere alla condotta impeccabile dei suoi adolescenti.

Era una vera stranezza che, come molte altre stranezze di quella città, passava completamente inosservata.

Per quanto la cosa fosse singolare, l'aspetto esteriore della casa non lasciava presagire la sensazione che Bryan provò nel vederla: si sentí un milione di piccoli ragni strisciargli sulla pelle. — Provate anche voi la stessa sensazione? — chiese sottovoce.

Smokey annuí, stringendosi nel giubbotto di jeans.

— È solo una casa — disse Jake. Ma Bryan notò un tono di incertezza nella sua voce.

Si avvicinarono al giardino e la sensazione inquietante che si era impadronita di Bryan crebbe ancora di piú.

— Che facciamo, entriamo? — domandò Jake a bassa voce.

— Perché no? — rispose Smokey con una scrollata di spalle. — Tanto non ci vede nessuno! — Era vero. Sulla strada era piombata una quiete sinistra, come quella di cui avevano fatto esperienza il pomeriggio del giorno prima. Ma un attimo prima c'erano parecchi ragazzini che giocavano nei giardini delle case. Adesso non c'era piú nessuno.

— Come facciamo a entrare? C'è una finestra aperta sul retro, o cosa?

— Proviamo dalla porta — suggerí Bryan. Non era mai stato cosí folle da prendere in considerazione l'idea di entrare... Eppure adesso era sicuro che la porta li avrebbe lasciati passare. Altrimenti a cosa serviva una trappola, se non ci cadevi dentro?

Si pentí di aver pensato alla parola "trappola", che gli fece venire in mente non uno strumento costruito dall'uomo per acchiappare bestiacce indesiderate, ma una pianta carnivora, grossa e gonfia, come la venere acchiappamosche. Una cosa vivente che aspettava pazientemente l'arrivo della preda...

Jake andò dritto alla porta e, spingendola forte, disse: — Non essere sciocco, tanto non si...

La porta si spalancò.

D'un tratto Bryan non fu piú cosí sicuro che fosse una buona idea, ma Jake era già entrato e a quel punto lui e Smokey non fecero altro che seguirlo. Non avrebbe saputo dire se Jake avvertisse qualcosa di strano o se stesse semplicemente mascherando le sue paure. E questo gli fece venire in mente Adam.

"È la stessa cosa. Stiamo facendo esattamente la stessa cosa." Eccolo un'altra volta nella stessa situazione, a seguire qualcuno che *non ci credeva* e che avrebbe preferito finire dritto fra le braccia dell'Uomo Nero piuttosto che *ammettere* di crederci.

Conscio di questo, Bryan avrebbe voluto fermarli, pregandoli di andare via, se la porta non avesse scelto proprio quel momento per chiudersi alle loro spalle senza essere stata neppure sfiorata. Smokey trasalí, mentre Jake si limitò a guardare la porta aggrottando la fronte. — C'è un chiavistello — disse lentamente. — Non era chiusa bene, altrimenti non si sarebbe aperta.

Ma Bryan non aveva dubbi sul fatto che prima era chiusa, a stretto contatto con lo stipite, e che se fosse stata soltanto socchiusa Jake non avrebbe avuto bisogno di spingere cosí forte. Ma all'improvviso la sua voglia di tornare indietro e uscire fu sopraffatta dalla paura di mettere mano alla porta: e se, tirando la maniglia, non si fosse riaperta?

"Respira, Bryan" ordinò a se stesso. "Se Jake non avverte la presenza dell'Uomo Nero, vuol dire che con lui sei al sicuro." In fin dei conti nemmeno il bosco era stato un pericolo per lui quando si erano sparpagliati con gli investigatori. L'Uomo Nero non aveva mai minacciato Bryan quando era in compagnia di qualcuno che non avvertiva la sua presenza.

Ma mentre Jake gli passava davanti scansandosi

una ciocca di capelli dalla fronte, Bryan notò che aveva il viso imperlato di un sudore che non derivava certo dalla scarpinata su per la salita. Era due volte piú pallido di come gli era apparso in biblioteca, e Bryan non poté fare a meno di pensare che forse non era poi cosí insensibile come voleva far credere.

— Facciamo... facciamo giusto il giro delle stanze e poi usciamo da qui, d'accordo? — propose Jake. Bryan non era dell'umore giusto per fargli notare il suo improvviso nervosismo.

Alla loro sinistra c'era una porta; Jake la aprí: si trovarono davanti una stanza vuota e troppo grande. "Dipende solo dai mobili, Bryan. Sembra grande perché non ci sono i mobili." La carta da parati a fiori o qualcosa del genere – difficile a dirsi, dato il buio – era mezza staccata dalle pareti.

"Le finestre. Dove diavolo sono le finestre?" Bryan se le ricordava, conosceva intimamente quello sguardo cieco. La stanza a sinistra della porta aveva un'enorme finestra panoramica che avrebbe dovuto inondarla della luce del mattino. Ma ora non c'erano che pareti vuote e la vecchissima carta da parati.

Smokey provò ad accendere la luce, ma si sentí solo il clic dell'interruttore. Bryan guardò in alto per vedere se ci fosse almeno la lampadina; e il soffitto sembrava alto circa sei metri.

"Non essere sciocco! Hai visto com'è la casa da fuori. Lo *sai* che non è cosí grande."

Non cosí grande da *fuori*, lo corresse la sua mente.

Jake si frugò nella tasca e prese qualcosa. Era un accendino, che subito fece luce. Bryan gliene fu cosí grato che non si soffermò neppure a riflettere sul perché l'altro avesse un accendino con sé. Ritoccare l'immagine mentale che si era fatto di Jake era in quel momento l'ultima delle sue preoccupazioni.

La fiamma dell'accendino sembrava minuscola in quella stanza enorme. Adesso era *veramente* enorme, il doppio di come era quando erano entrati, non aveva dubbi. Come se le pareti volessero evitare la luce.

Fra le ombre danzanti si udí gocciolare qualcosa dall'alto. "L'umidità" pensò "una perdita nel tetto", e automaticamente si scansò da una parte. Jake si piegò sulle ginocchia e avvicinò l'accendino al pavimento per vedere meglio. "No, non farlo. Non voglio vedere" stava per dire Bryan. Ma le parole non gli uscirono.

Una piccola pozza di liquido rosso scuro brillò sotto la fiammella. Sangue. Mentre tutti e tre fissavano la pozza, cadde un'altra minuscola goccia, senza fare rumore.

8

— Ruggine — disse Jake troppo precipitosamente. — Se c'è un tubo che perde, la ruggine diventa di questo colore...

Ammutolito, Smokey scosse la testa.

Quando Jake si alzò e sollevò l'accendino verso il soffitto, Bryan vide che l'esile fiammella tremava come le sue mani. Ma come aveva fatto a pensare che il soffitto fosse cosí alto e la stanza cosí grande? Era bassa e angusta come una bara per tre persone, e il soffitto sfiorava quasi i capelli da punk di Jake.

Il soffitto era ingiallito, pieno di crepe e rigonfio. Al centro, proprio sopra le loro teste, si stava rapidamente arrossando di sangue, che colava dal piano superiore. Qualcuno fece un rumore, come un animale impaurito, e Bryan impiegò qualche istante per capire di essere stato stato lui.

— Di sopra c'è qualcuno — disse Jake con tono risoluto. — Qualcuno è ferito. Forse uno dei bambini scomparsi! — E corse verso la porta prima che gli altri potessero fermarlo.

— No, aspetta! — Bryan fece per afferrarlo per la giacca, ma di colpo la stanza tornò ad avere le dimensioni normali, e Jake era ormai troppo lontano.

— Lucy! — lo sentirono chiamare mentre sfrecciava nell'atrio, verso le scale.

"E quelle scale... erano lí un minuto fa?"

Quasi inconsapevole di ciò che stava facendo, Bryan gli corse dietro, seguito a sua volta da Smokey.

Jake saliva veloce le scale con Bryan che faceva due scalini alla volta per stargli dietro. Persino in quel momento, stretto nella morsa del panico, gli tornarono alla mente le parole: *Il sangue per secondo... al quattro annega il mondo... al sei l'odio abissale.* Senza guardare, sapeva già che c'erano tredici scalini.

Raggiunse Jake al dodicesimo, agguantandolo per le gambe e strattonandolo violentemente all'indietro. L'altro agitò convulsamente le braccia, sbattendo la mano sulla ringhiera, e se non ci fosse stato Smokey ad aiutarlo, Bryan avrebbe perso la presa.

— Ma cosa *fai*? — gli chiese Jake in tono disperato, mentre lottava per divincolarsi. — Non *senti*?

E all'improvviso, quasi per effetto delle sue parole, anche lui sentí. Una voce debole e senza speranza, che un po' chiedeva aiuto e un po' piangeva di dolore. — Lucy, sono io. Jake! — strillò il ragazzo piú grande. A Bryan, però, non sembrava affatto la voce di una adolescente, ma quella di un ragazzino... un ragazzino di circa dieci anni.

— Lasciami! — gli ordinò Jake. E Bryan, sentendo improvvisamente quella voce lamentosa che gli fece l'effetto di un pugno nello stomaco, mollò la presa.

— Il gradino! — sbottò, prima che Jake andasse avanti. — Non il tredicesimo!

Jake si voltò di scatto e lo guardò con gli occhi cupi di rabbia, come se fosse lí lí per gridare qualcosa, ma poi si trattenne e, afferrandosi alla ringhiera, raggiunse il pianerottolo senza toccare l'ultimo gradino.

Con uno scatto, Bryan gli fu dietro; pur non volendo andare lassú, sentiva il bisogno di farlo.

La prima porta alla loro sinistra aveva un rigonfiamento cosí grosso che sembrava che una qualche creatura enorme volesse passare attraverso il legno. Jake imprudentemente afferrò la maniglia. — Scotta! — strillò, ritirando di scatto la mano destra. Bryan vide che il pomello di metallo brunito della porta cominciava a brillare di un rosso scuro, come gli anelli incandescenti di una piastra di cucina.

I lamenti di dolore e angoscia che provenivano dall'interno diventavano sempre piú convulsi. Bryan provò anche lui a toccare la porta, ma non riuscí neppure a sfiorarla; il solo tendere la mano in quell'aria caldissima era come tentare di immergerla nell'acqua bollente.

— Faccio io! — disse Smokey avanzando, dopo aver avvolto il palmo della mano nel tessuto della sua felpa. Quando il calore gli arrivò alla carne, emise un gemito di dolore a denti stretti, ma non mollò.

Con uno scatto simile a uno sparo, la porta si aprí di colpo, facendo volare Smokey all'indietro. E come se di colpo si fossero aperte le cateratte, l'acqua cominciò a scorrere rapida intorno a loro.

Solo che non era acqua. Bryan ci mise un po' a capire che era sangue, perché ce n'era una quantità esagerata. Continuava a scorrere intorno alle loro gambe, come un'ondata che sommergeva la spiaggia, spaventosamente calda e impetuosa, fin quasi a buttarli a terra. Pensò che se fosse caduto in tutto quel liquido, sarebbe forse morto.

Ma subito dopo il liquido cominciò a defluire, riversandosi giú per le scale con il rombo di una cascata. Possibile che una stanza potesse contenere tutto quel sangue? Nemmeno da un elefante ne sarebbe uscito tanto.

La sua parte razionale lo sapeva benissimo, eppure quel sapore intenso e metallico di sangue gli stava ostruendo il naso e la gola, rendendolo incapace di respirare, di pensare. Non voleva guardare dentro la stanza, non voleva assolutamente, ma non riuscí a trattenersi. "Là dentro non può esserci niente di vivo. Niente di vivo."

Ma qualcosa c'era. Una figurina piccola e debole che si dimenava appesa a un gancio di metallo che le trapassava il collo, come fosse un quarto di bue in macelleria. I piedi, con le scarpe da ginnastica, penzolavano a pochi centimetri da terra, con il sangue che continuava a gocciolare in una pozza al di sotto.

Quanto sangue. Bryan ebbe la sensazione che il torrente di sangue che li aveva appena travolti fosse assai meno spaventoso del lento e costante gocciolio che usciva dal collo della figura appesa.

Ed era strano. Per una frazione di secondo non *fu* altro che una figura, una forma vagamente umana che il suo cervello non era neppure in grado di riconoscere. Per un istante non fu neppure sicuro del sesso né dell'età. Ma poi, con la stessa certezza di quando un'illusione ottica diventa chiara e riconoscibile una volta che l'hai identificata, vide che quella figura era Adam.

Al suo fianco Jake gridava qualcosa, sembrava che dicesse "Lucy", ma si sbagliava. Non vedeva che quello era Adam? Bryan si sforzò di entrare nella stanza, senza sapere cosa fare, sapendo solo che doveva entrare, che doveva raggiungere suo fratello. Perché non riusciva a muoversi? Il suo corpo non rispondeva. Qualcosa lo tratteneva.

Si rese conto che Smokey gli stava disperatamente gridando qualcosa, tenendo fermi lui e Jake come fossero cani selvatici al guinzaglio. Ma cosa gridava? Cosa erano quelle parole? Bryan non sentiva niente, non vedeva niente se non Adam.

Gli occhi del fratello erano fissi nei suoi; erano occhi senza vita però, che fissavano senza vedere, di un grigio ipnotico, carico di dolore e di accusa.

"Perché permetti che accada tutto questo, Bryan? Perché non mi aiuti?"

E ce la stava mettendo tutta per avanzare, ma Smokey lo tratteneva. Bryan ringhiò qualcosa di inarticolato e cercò di divincolarsi, ma senza riuscirci.

Le grida di Smokey cominciarono a cristallizzarsi in qualcosa di simile alle parole, qualcosa che Bryan riusciva quasi a comprendere. Bryan odiava l'amico perché lo teneva bloccato, perché gli gridava quelle parole che cominciavano a essere riconoscibili e a distrarlo dalla cosa piú importante al mondo.

Tredicesimo. Udí la parola "tredicesimo" e avvertí un brivido gelido lungo la spina dorsale contrastare la sensazione di panico. *Adam.* Ma no, un attimo. Quello appeso lí era Adam, *in fin di vita.* In fin di vita perché Bryan non riusciva ad arrivare fino a lui. Ma perché erano cosí importanti quegli stupidi scalini?

"Il tredicesimo scalino. Bryan, è il tredicesimo scalino. Non entrare... Non entra..."

— Non entrate! Bryan, Jake, mi sentite? Mi *sentite*?

E poi, come una bolla che scoppia, quella figura

non era piú una figura, ma un'ombra, meno di un'ombra. La vedeva ancora, ma era come se fosse niente piú che una pittura su un vetro messa davanti a qualcos'altro. Qualcosa di piú scuro...

— Ti sento, Smokey! Ti sento! — La voce di Bryan sembrava roca, come se non la usasse piú da un anno. Smokey era in preda a un pianto di paura e frustrazione e ce la metteva tutta per trattenere Jake, piú grosso e piú forte di lui, che continuava a dimenarsi.

Bryan scattò per aiutarlo a trattenere Jack per un braccio e a trascinarlo indietro. Anche Jake gridava e urlava a piú non posso: — Lucy, sto arrivando! Lucy!

— Ascoltami, Jake! Mi senti? — Senza rendersene conto, Bryan si sorprese a schiaffeggiare il ragazzo piú grande. — Non è reale, Jake. Non è reale!

Con gli occhi offuscati dalla confusione, Jake si voltò finalmente a guardarlo. In quell'istante, mentre distoglieva lo sguardo, la figura appesa smise completamente di esistere.

— Cosa...? — Bryan ebbe l'impressione di vedere un po' di senno tornare negli occhi scuri che lo stavano fissando. Chissà cos'altro aveva in serbo per loro, quella casa stregata.

— Aiutami, Smokey! — Insieme spinsero Jake giú per le scale. Questa volta Bryan non contò i gradini; non si rese neppure conto di appoggiarci sopra i piedi. Fecero uscire di corsa Jake dalla porta della casa, che improvvisamente si era riaperta. Poi, con uno schianto definitivo come la fine del mondo, si richiuse alle loro spalle.

9

La luce del sole all'esterno era piú accecante che mai, quando crollarono senza respiro sul giardino davanti alla casa. Smokey si strofinò freneticamente le mani sui jeans prima di accorgersi che si stava pulendo da... niente. — Che cavolo... — Si guardò le dita, confuso.

— Nessuna macchia di sangue — disse Bryan, mentre si rialzava in piedi. Si diede una guardata. — Niente *sangue*. — Eppure ricordava bene la spaventosa marea calda e rossa che, aprendo la porta, gli era affluita attorno alle gambe... Col cuore che ancora gli batteva forte, guardò gli altri. C'era qualcosa di *reale* in tutto quello?

— Qualcosa. — Jake rovesciò il palmo della mano per mostrare loro le vesciche che si era procurato impugnando la maniglia rovente della porta.

— *Ahi!* — esclamò solidale Smokey con una smorfia di sgomento.

Si udí un impercettibile cigolio alle loro spalle, che tuttavia per Bryan, che aveva i nervi tesi allo spasimo, risuonò forte come una raffica di spari. Si girarono tutti e tre di scatto e videro la porta della casa riaprirsi lentamente.

— Si era chiusa sbattendo — osservò Jake con una punta di panico nella voce. — L'ho vista con i miei occhi... Si è chiusa sbattendo e si è sentito il rumore del chiavistello!

— Filiamocela! — esclamò Bryan, assaporando di nuovo il gusto acido della paura.

Smokey fu il primo a darsela a gambe, ma si fermò sgomento a pochi passi dal muretto di recinzione. — Oh, no. Ragazzi, potremmo...? — Le parole gli morirono sulle labbra, poiché si rese conto che rimanere in quel giardino era una possibilità da non prendere neanche in considerazione. Rassegnato, arrancò ancora di qualche passo. — Accidenti, oggi non è *proprio* la mia giornata.

Correndogli appresso lungo il vialetto del giardino, Bryan vide che cosa era stato a far fermare di colpo l'amico: Nina, che sbucava dalla salita in calzoncini da ciclista e una maglietta rosa shocking. Era inutile sperare che non li avessi visti.

— Ehi, peste! — gridò Smokey, prendendo l'iniziativa. — Cosa credi di fare? Non lo sai che non puoi andartene in a zonzo da sola?

— Devo vedermi con Becca — replicò Nina sulla difensiva. — Mamma ha detto che potevo.

— Ah, sí? E gliel'hai detto dove? — le chiese Smokey in tono protettivo pensando alle energiche raccomandazioni di sua madre riguardo a quanto fosse pericolosa Redford. «Se vi allontanate di un paio di isolati, dovete stare *insieme.*»

— Che barba. Mi aspetta giú al negozio! — ribatté Nina, alzando gli occhi al cielo. — Ma chi sei, mia nonna? E, comunque, cosa ci fai *tu* qui?

Scrutò i tre ragazzi, realizzando quale fosse il giardino davanti al quale si trovavano. — Sei appena uscito dalla *casa del Vecchio Pete*? Allora sei davvero un uomo morto — disse con un sorrisetto compiaciuto. — Se mamma viene a sapere che sei stato là dentro a caccia di fantasmi, ti ammazza.

— Non siamo andati a caccia di fantasmi — ribatté bruscamente Smokey, suscitando in Nina un ghigno beffardo al pensiero che Bryan ne sarebbe stato capace. — E chi sarebbe questo Pete?

Lei lo fulminò con lo sguardo. — Questa è casa sua. Ed è abitata dal suo fantasma. Lo sanno tutti.

— Be', allora sono tutti degli idioti. E *tu*, piuttosto, non farti venire l'idea di andare là dentro a caccia di fantasmi — la ammoní. — Altrimenti racconto a mamma che stavi andando in centro da sola, cosí non ti farà piú uscire di casa.

— Sei *tu* che sei entrato là dentro — disse Nina a braccia conserte, evidentemente tutt'altro che spaventata.

— Siamo andati a riprendere una palla da tennis che ci era finita nel giardino — intervenne Jake per coprire l'amico.

Nina gli riservò la stessa occhiataccia che aveva rivolto a Bryan, lasciando chiaramente intendere che non aveva alcun rispetto per chiunque frequentasse suo fratello. — E allora dov'è, questa palla? — domandò.

— Persa fra i cespugli — disse irritato Smokey. — E adesso potresti...

— Cosa ti sei fatto alla mano? — lo interruppe Nina rivolgendosi a Jake.

Con espressione colpevole il ragazzo si fermò per massaggiarsi la mano arrossata. — Mi sono scottato. Stamattina — spiegò velocemente.

— Ehi, smettila di fare la ficcanaso — le disse Smokey, guardandola in cagnesco e spingendola via dagli altri. — Perché non mi lasci in pace te ne vai a rompere le scatole a Becca? Abbiamo di meglio da fare che starcene a fare da balia a te tutto il giorno.

— Dirò a mamma che ti ho visto entrare nella casa del Vecchio Pete! — lo minacciò.

— Non lo farai, perché non hai visto niente, mentre io ti ho visto dove non dovresti essere. E io ho i testimoni. — Indicò Bryan e Jake.

Nina fece una smorfia. — Come vuoi — sospirò, sconfitta ma nient'affatto disposta ad ammetterlo. — Ma glielo dirò lo stesso, a meno che tu non mi dia i soldi per il gelato — si affrettò ad aggiungere.

Smokey la guardò con odio, ma si frugò nella tasca e le cacciò sul palmo della mano alcune monete. — È tutto quello che ho. Me li ridarai il giorno della prossima paghetta — la avvertí.

— Scordatelo! — Essendo riuscita a estorcergli un po' di soldi, Nina se ne andò saltellando allegramente.

Smokey scosse la testa. — Scusate tanto — disse con un sospiro. — Piccola peste impicciona! — S'infilò le mani in tasca e chiese agli altri: — E adesso dove andiamo?

— Dovunque, purché lontano da qui — rispose Bryan con la sensazione che la casa fosse tornata a guardarli in cagnesco.

Finirono a casa di Jake, e lui li portò nella mansarda, una stanza confortevole dal soffitto basso, con un lucernario che lasciava entrare un po' di luce. C'erano alcuni cuscini e uno stereo, ma la gran parte dello spazio era occupato da montagne di libri sparpagliati a casaccio. Su una trave c'era appesa una foto che ritraeva un Jake piú piccolo in compagnia di una ragazzina sorridente dai capelli biondo-rossiccio: Lucy, immaginò Bryan.

— Scusate, quassú c'è un gran casino — disse Jake, scansando col piede delle carte per fare spazio. — Non sono abituato a ricevere visite. Io e Lucy venivamo quassú a fumare. Be', *lei* fumava — si corresse con tono vago. — Io ancora no... all'epoca.

Bryan si chiese se avesse cominciato a farlo solo per prolungare ancora per un po' la presenza di Lucy. Di certo non era il sistema piú salutare per rimanere aggrappati al ricordo di qualcuno... Ma, del resto, chi era lui per dirlo?

Evidentemente quello era stato, in passato, il nascondiglio di Jake e Lucy. Però non dava quella sensazione opprimente e asfissiante che Bryan associava alla vecchia stanza di Adam e agli altri luoghi in cui avvertiva la presenza del fratello. Era quella la sensazione che si doveva provare, la sensazione di un'atmosfera rassicurante e piena di bei ricordi, non quella di sentirti risucchiare l'aria dai polmoni fino a soffocare lentamente.

Si domandò se anche a casa di Lucy Swift si respirasse l'aria che si respirava da lui. Se i suoi genitori si trascinassero come zombi e parlassero senza parlare veramente. Avevano anche loro delle parti della casa dove non mettevano mai piede, stanze piene di scatoloni che non sarebbero mai stati portati via? Anche Lucy aveva un fratellino che si sentiva annegare nel silenzio dei luoghi dove prima c'era lei?

Bryan scacciò con forza quei pensieri. Non era tutta colpa dei suoi genitori se la sua casa era una tomba. Non era colpa loro se dopo la scomparsa di Adam si erano dimenticati della *sua* esistenza.

Si riscosse e tornò con la mente a King's Hill. — Quella casa è come una venere acchiappamosche — disse a voce alta. — Ci ha attirati dentro di sé e poi si è richiusa. Però siamo riusciti a scappare.

— Ma poi ha riaperto la trappola, in attesa del piccolo e ingenuo insetto che sarebbe arrivato subito dopo — osservò tetro Smokey.

— O in attesa degli stessi insetti di prima — aggiunse Bryan, pensando a quella porta che si apriva in maniera sinistra. E sotto quella fastidiosa paura che stava tornando non c'era forse qualcos'altro? Un microscopico desiderio, per quanto ben celato, di tornare in quella casa? Di tornare nella trappola e vedere se si riusciva a farla franca una seconda volta?

Un'espressione di sofferenza cominciò ad affiorare sul volto di Jake. — Era *lei* — mormorò. — Era Lucy. L'ho vista! — Guardò gli altri negli occhi, prima l'uno e poi l'altro, come se volesse sfidarli ad affermare il contrario.

— Lo so che l'hai vista — replicò Smokey in tono gentile — ma non era lei. Non era lei.

— Ma lei... lei era...

— Era una specie di... allucinazione. È lui, l'Uomo Nero, che è in grado di farti vedere quello che vuole lui.

— Io ho visto Adam — disse piano Bryan. E fu solo nel momento in cui lo disse che si rese conto di aver visto l'Adam di cinque anni prima, un ragazzino di dieci anni. Se Adam fosse... Se ci fosse un folle universo parallelo in cui lui continuava a vivere, avrebbe avuto quindici anni, sarebbe stato quasi un adulto, non un ragazzino piú piccolo di Bryan.

E questo pensiero gli fu utile per convincere lo scettico Jake. — Che aspetto aveva, Jake?

Jake corrugò la fronte, accigliandosi. — Cosa? Be'... aveva l'aspetto che aveva anche Lucy. Quello di sempre.

— *Quello di sempre* — ripeté Bryan intenzionalmente. — *Pensaci*, Jake. Quand'è che è scomparsa? Un anno fa? Ti è parsa cresciuta, Jake? I capelli erano piú lunghi? Ti è sembrata ingrassata o dimagrita? O piú alta?

— Io... io... — disse lentamente Jake. — No, sembrava... uguale. Era come il giorno in cui è scomparsa.

Bryan mise le mani sulle spalle di Jake. — Non era reale, Jake. Di quello che abbiamo visto... nulla era reale.

In risposta, Jake protese il palmo della mano destra. — Questo è reale — disse indicando con un cenno del capo le vesciche.

Bryan si rimboccò le maniche per mostrare i tagli che si era fatto il giorno prima durante quel volo a capofitto fra i cespugli. — E anche questi! Non ho mai detto che non potesse farti del male. Altroché se può fartelo! Ma può anche farti vedere cose che non ci sono... farti vedere quello che vuole lui.

— Credi che sia... accaduto proprio questo? — domandò Smokey. — Che anche gli altri ragazzini abbiano visto la stessa cosa quando lui è andato a prenderli?

— Non ho dubbi — rispose Bryan. — Lui... ti tira fuori le cose dalla testa. Quelle di cui hai piú paura, quelle chi ti aspetti di vedere... Ti mostra i tuoi stessi incubi.

Jake si sporse pensoso in avanti, appoggiando il mento sul pugno. — Se è cosí che stanno le cose, vuol dire che si nutre delle convinzioni altrui, come una specie di parassita. Le leggende, le filastrocche... fanno tutte il suo gioco. È quasi una formula che ti dice a cosa credere. Che fa rimanere la gente nel terrore.

— Sí, be', ci sa fare alla grande — disse Smokey, leggermente tremante. — Quella cosa mi ha fatto prendere una bella strizza. — Si raccolse le ginocchia al petto, facendo frusciare il grosso cuscino sul quale era seduto.

Smokey, aveva notato Bryan, non faceva mistero delle sue preoccupazioni; non esitava a dar voce a ciò che erano state delle costanti sempre taciute del suo mondo. Forse per questo era stato proprio lui a rompere il silenzio, ad andare da qualcuno e dire: — Io ho visto questo, mi credi? — Bryan aveva passato cosí tanti mesi a spiegare a orecchie sorde ciò che era successo ad Adam che non gli era piú venuto in mente di riprovarci.

— Cos'è che hai visto *tu*, Smokey? — gli chiese.

Smokey scosse lentamente la testa. — Io... non lo so. Per un istante ho creduto che fosse... che fosse... — S'interruppe, con una faccia angosciata. — Ma poi avete cominciato tutti e due a gridare che era Adam, che era Lucy, ed è stato come se... come se crollasse tutto.

— Hai rotto l'illusione — cercò di spiegare Jake. — Perché forse lui non sapeva bene cosa far vedere a te. Noi due siamo andati là dentro sapendo... aspettandoci... La paura era già *lí*, pronta a venire fuori nell'istante stesso in cui siamo entrati nella stanza. Ma l'Uomo Nero ha dovuto riflettere di piú sul tuo conto, ha dovuto scavare piú a fondo per trovare qualcosa di adatto, ma ci ha messo troppo tempo. Non è riuscito a ingannarci tutti nello stesso momento e nello stesso modo.

— E quindi? — Bryan scrollò le spalle in maniera un po' troppo aggressiva. Il suo istinto non si era ancora accordato all'ambiente piú tranquillo in cui si trovavano adesso e aveva ancora i nervi a fior di pelle.

— Quindi... anche noi abbiamo un certo potere — proseguí Jake. — Conta ciò in cui *noi* crediamo. Le forme che lui assume vengono direttamente da *noi*, non da chissà dove. E se noi usiamo le nostre paure e i nostri incubi per dare forma alla realtà, in un certo senso possiamo controllarlo.

— Che fesseria! — commentò Bryan con una smorfia.

— Non ne sarei tanto sicuro — disse Jake voltandosi a guardare Bryan negli occhi. — Perché per farci del male a lui basta solo che noi lo crediamo possibile. Vuol dire che, se noi crediamo sia possibile fare del male a *lui*, allora potremmo fargliene. Se i suoi poteri derivano da ciò che crediamo noi, può anche funzionare in senso contrario.

10

Seguí un lungo momento di silenzio, poi Bryan sospirò stancamente. — Oh, ma dai! È una follia. Non si può semplicemente... Non basta mica battere le mani perché uno creda nelle favole. Non è che a uno basta prendere in mano questa matita e dire: "Questa matita ha il potere di uccidere l'Uomo Nero" perché succeda veramente. Non funziona cosí.

— Secondo me, sí — obiettò Smokey. — Non con le matite. Non c'è *motivo* di credere nelle matite. Ma se tutte le cose che l'Uomo Nero fa o fa vedere sono frutto di quello che le persone hanno nella testa, allora una certa influenza su di lui deve pur esserci. Forse, se ci fosse qualcosa in cui avere *davvero* motivo di credere... Se ci fosse un modo per saperne di piú su di lui...

— *E come?* — chiese Bryan, frustrato. — Nessuno affronta mai l'argomento, nemmeno per fare una battuta. Lo so bene, io!

Smokey si piegò di sghembo sul grosso cuscino per guardare Jake. — E nei libri che c'è scritto? Tu, ormai, avrai sicuramente letto tutti i libri sull'argomento della biblioteca di Redford. — A giudicare da quello che si vedeva in quella stanza, dovevano essere quasi tutti lí, nella mansarda.

Jake rispose con una goffa scrollata di spalle, quasi vergognandosi di essere stato sorpreso nel bel mezzo della sua ricerca. — Sono libri di storia, ma... non so esattamente cosa sto cercando. Cioè, fino a ieri non avevo neppure... — E liberò una risatina nervosa. — Be', non avevo mai visto niente del genere. — Aprí il palmo ustionato della mano e lo osservò, come se fosse la sola cosa che lo tenesse ancorato a quegli incredibili ricordi. — Ancora non riesco a credere che sia successo.

Neanche Bryan sapeva cosa stesse cercando. Tutti i ricordi della sua infanzia erano fluiti insieme e si erano incanalati verso quel giorno nel bosco di cinque anni prima, finché non era piú stato in grado di ricordare come si potesse vivere senza l'ombra incombente dell'Uomo Nero.

Un po' demoralizzato, Smokey guardò le pile di libri. — Significa, dunque, che dovremo cercare nei libri? Perché, be', se vedeste il voto che ho preso nell'ultima ricerca di storia...

— Aspettate un attimo. — Jake si sporse sopra di lui per prendere un libro. — Come ha detto che la chiamano, la casa, tua sorella? Ho la sensazione di aver letto qualcosa... — Scorse l'indice e poi chiuse il libro. — Forse era in questo. Aspettate un secondo.

Scorse velocemente le pagine di un altro libro con la dimestichezza di chi non sa fare altro. Bryan, tuttavia, si stava ancora chiedendo come fosse possibile che Jake avesse fatto ricerche sulla città per cosí tanto tempo senza trovarsi mai davanti all'Uomo Nero. Come aveva potuto infrangere il codice non scritto del silenzio se davvero non *credeva*...?

— Davvero non avevi mai visto prima quelle cose? — gli domandò. — Mai una volta, in tutto il tempo delle tue ricerche?

— Eh? — fece distratto Jake, la cui attenzione era completamente catturata dalle pagine del libro.

— Deve esserci pur stato... Be', non hai mai visto o sentito...? — Bryan non sapeva bene come tradurre in parole la sensazione che si provava nel percepire la presenza dell'Uomo Nero con tutti i sensi, come una minaccia che cresce e s'intensifica sempre piú.

— Be'... — disse Jake assente, quasi prestasse maggiore attenzione a ciò che leggeva che a quel che diceva. — Una volta... mi è parso di vedere... Ecco! — Di colpo uscí da quello stato di vaghezza e si raddrizzò. — Ero sicuro di averlo letto! Vedete... King's Hill. Sentir parlare della casa di Pete mi ha rinfrescato la memoria.

Bryan e Smokey si chinarono impazienti sulla pagina mentre Jake girava il libro verso di loro. Dopo un istante, però, Bryan distolse lo sguardo, deluso. — Non è che dica molto — disse.

— Non era una gran storia — convenne Jake con una scrollata di spalle. — Ma le voci che girano sono vere: in quella casa si è suicidato qualcuno.

— Peter Hayward — lesse Smokey. — Be', immagino che questo dovrebbe spiegare chi fosse il Vecchio Pete. Ma chi era?

— Nessuno di importante — replicò Jake. — Cioè, era uno che lavorava nel vecchio orfanotrofio e che andò in pensione quando lo chiusero. E un giorno... si è impiccato. Nessuno ha mai saputo perché.

Smokey aggrottò la fronte. — Non è che ha ragione Nina quando dice che la casa è abitata dal suo fantasma? Cioè, se davvero *c'è* un fantasma...

— Quando è morto, i bambini avevano cominciato

a sparire già da un pezzo — osservò Bryan scuotendo la testa. — Probabilmente lui non c'entrava niente. Si tratta solo di una di quelle leggende paurose che passano di bocca in bocca. Si è ucciso in quella casa e cosí la gente dice che il suo fantasma è rimasto ad abitarci. Se l'Uomo Nero ricava il suo potere dalle cose di cui i bambini hanno paura, forse si è trasferito là non appena le voci sono cominciate a circolare.

— Ma dovrà pur esserci una *ragione* — insisté Jake. — Perché proprio quella casa? Perché Hayward?

— Perché *non* Hayward? — controbatté Bryan. — Perché me, te, lui o chiunque altro? Non deve esserci una ragione per forza. Non deve esserci per forza una *logica*. Sentí di nuovo sgorgare in lui la vecchia amarezza e vi fu un momento di silenzio pieno di disagio. Con un moto di irritazione, spinse via col gomito un mucchio di carte e appoggiò il mento sulle mani.

— Comunque sia... — disse Smokey qualche istante dopo. — Perché proprio quel pezzo di terra dietro la stazione? Il Vecchio Pete era una persona reale, la sua casa ha una storia... Perché giú alla stazione?

— La stazione è nuova — osservò Jake che nel frattempo aveva già cacciato il naso in un altro libro di storia. — La costruirono all'inizio del secolo scorso. Buttarono giú parecchi edifici piú vecchi, per far posto alla stazione, e per questo ci furono un sacco di proteste. Però non so esattamente cosa ci fosse prima, forse una fabbrica o roba del genere.

— Potremmo andare a dare un'occhiata — suggerí timidamente Smokey.

Bryan si girò su se stesso e incrociò meravigliato il suo sguardo. — E perché?

— Voglio scoprire cosa sta succedendo, Bryan — disse in tono serio. — E se non fosse arrivato nessuno quando ho incontrato l'Uomo Nero? E se fosse toccato a mia sorella? Devo scoprirlo assolutamente. Perché proprio quei posti? Perché proprio Redford? Devo scoprire se possiamo far finire tutto questo.

Bryan aveva voglia di mettersi a urlare per quanto la situazione era disperata, ma in qualche modo, quando vide la serietà di Smokey, quell'impeto emotivo gli si congelò nel petto come un grumo disgustoso e... si sentí assalire dalla stanchezza. Una stanchezza che non derivava semplicemente dagli eventi della giornata, ma da tutto ciò che aveva patito in quei cinque anni. — Però... — disse liberando un grosso sospiro. — Però non oggi. D'accordo?

Si scansò i capelli dalla fronte. Gli erano cresciuti troppo. Quand'era stata l'ultima volta che se li era tagliati? A questo genere di cose i suoi genitori ormai non pensavano piú.

Fece un altro sospiro, consapevole di avere gli occhi degli altri due puntati addosso; ma forse era solo una sua impressione che lo guardassero in modo accusatorio. — Forse sí, dobbiamo andarci... ma non oggi. Cioè, non stasera. Ma che cavolo di ora abbiamo fatto?

Smokey guardò l'orologio che aveva al polso e si alzò, imprecando. — Sono le quattro e mezzo. Mia madre mi ucciderà. Posso fare una telefonata, Jake? Continuo a dirglielo, a mio padre, che mi serve un cellulare, ma lui non sente ragioni.

A Bryan non era mai passato per la mente di assillare i suoi per farsi comprare il cellulare. Nella loro condizione di quasi zombi, probabilmente glielo avrebbero comprato senza fare storie. Ma a cosa gli sarebbe servito? Non aveva nessuno da chiamare...

— Come no! È giú nel soggiorno.

Scesero tutti di sotto e Bryan batteva le palpebre man mano che la luce cambiava intensità da un piano all'altro. Sentí una fitta allo stomaco e si ricordò di non aver toccato cibo da quella mezza scodella di cereali mollicci che aveva mangiato a colazione. Buffo il modo in cui il terrore puro poteva annientare l'appetito.

Aspettarono nell'ingresso, mentre Smokey faceva la sua telefonata. A un certo punto si sporse dalla porta, trascinandosi dietro il filo del telefono, e li guardò. — Ehi, ragazzi, vi va di venire da me? Mia madre vi invita a cena.

Bryan avrebbe voluto rifiutare, ma Jake stava già blaterando qualcosa riguardo a un biglietto da lasciare ai suoi genitori, e Smokey aveva già deciso e riattaccato prima che lui trovasse una scusa plausibile. Pensò dunque che era meglio avvisare i suoi, anche se dubitava che avrebbero sentito la sua mancanza se non fosse tornato. Visto che erano rarissime le volte che doveva chiamare i suoi per avvisarli di qualcosa, ci mise persino un po' per ricordarsi il numero di casa.

— Pronto? Famiglia Holden. — Meno male che aveva risposto suo padre. Era piú facile parlare con lui che con sua madre, con la quale era come conversare con una vecchia signora, gentile ma sorda, che si limitava ad annuire e a borbottare "mm-hmm" ogni volta che si cercava di scambiare due parole con lei.

— Papà? Sono Bryan. — Non disse "sono io" per

paura di accendere la momentanea speranza che potesse essere Adam che tornava finalmente a casa.

— Bryan — ripeté suo padre con un tono amabile, ma piú come se parlasse con un lontano cugino che con il figlio che vedeva tutti i giorni.

— Ehm, stasera non torno a cena. Va bene? Vado a casa di un amico... il mio amico Smokey. Ti ho parlato di lui stamattina, ricordi? — farfugliò. Ed era una cosa che detestava, quel continuare a parlare al silenzio, come se riempirlo a sufficienza fosse la chiave per ottenere una replica da parte dei genitori.

— Va bene, figliolo. Ci vediamo stasera. — E riagganciò. In quella circostanza, Bryan avrebbe molto gradito una specie di interrogatorio, tipo: "Dove vai? Cosa fai? A che ora torni? Perché avvisi all'ultimo momento?"

Ma anche se avesse telefonato cinque minuti prima di cena e il suo piatto fosse finito intatto nella pattumiera, avrebbe probabilmente ottenuto la stessa distante non-reazione. Solo perché si trattava del telefono di Jake, resistette all'impulso di scaraventarlo dall'altra parte della stanza e di prendere a calci qualcosa.

— Per i tuoi genitori va bene? — gli domandò Smokey rientrando nella stanza.

— Oh, *benissimo* — rispose Bryan con una nota amara nella voce.

Smokey sembrava a disagio, ma non disse niente. Cosa mai avrebbe potuto dire?

11

Qualsiasi speranza di cenare rintanati nella stanza di Smokey sfumò quando la porta della sua casa fu aperta da un signore all'aria cordiale e dal leggero accento africano, una versione piú massiccia e muscolosa del figlio, al quale diede una pacca sulla schiena e domandò dove fosse stato, perché fosse uscito di casa cosí presto, chi fossero i suoi amici. Poi si rivolse a Jake e Bryan. Bryan abbozzò a fatica un sorriso imbarazzato, rispose educatamente e desiderò sprofondare sottoterra.

Entrati in casa, la situazione peggiorò. Persino il giorno prima, quando c'erano solo lui e Smokey, aveva capito che c'era un'atmosfera diversa, che lo metteva a disagio, in quella casa dove si percepiva ancora la presenza di una famiglia unita, un'atmosfera frizzante e piena di vita che era cento volte peggio.

La signora Bacon era una donna minuta che sprizzava energia da tutti i pori e non faceva che rivolgere loro grandi sorrisi mentre si dava da fare per preparare la cena senza smettere un attimo di parlare. — Stephen, va' a prendere le altre sedie di là. Nina, metti giú il gatto e preparati a venire a tavola. Dove sono le tovagliette, quelle carine? No, non quelle, tesoro! Non ricordi che su una ci hai lasciato il marchio di una pentola rovente? Le altre. Allora, dove l'avrò lasciato quel cucchiaio?

Bryan si appiattí contro il muro per non essere d'intralcio e in quel momento avrebbe tanto voluto essere altrove. Casa Bacon sembrava traboccare di rumori e di corpi in movimento, con tutti che correvano di qua e di là e si parlavano addosso, intralciandosi a vicenda. Era il ritratto perfetto di una casa felicemente caotica. Un inferno.

— Allora, ragazzi, cosa avete fatto oggi? — domandò la madre di Smokey quando si sedettero a mangiare. Una cena enorme e deliziosa. Bryan era abituato a pasti insipidi e indigesti messi in tavola a orari bizzarri, mai cotti al punto giusto – o troppo o troppo poco – perché i suoi genitori non si davano la pena di concentrarsi. Tutto questo aggiunse un ulteriore strato di senso di colpa per il fatto che si stava godendo il pasto. Gli stava pure venendo mal di stomaco.

Non essendo abituato a sentirsi fare domande sulla sua giornata, per poco non si strozzò, annaspando per rispondere, quando per fortuna intervenne Jake: — Abbiamo lavorato a una ricerca di storia. Sull'antica Redford, su come era prima che costruissero la stazione e i quartieri nuovi.

— È una ricerca per la scuola?

— Ehm, praticamente sí — rispose Smokey, rivelando una scarsa dimestichezza con le bugie, senza alzare gli occhi dal piatto e fingendosi occupato ad aggiungere un po' di salsa alla pietanza. — A dire il vero, ehm, è piuttosto interessante.

Nina sbuffò sdegnata, sbocconcellando i suoi broccoli, quasi offesa dalle parole del fratello. — Ma che cavolo, vi mettete a scrivere di un mucchio di vecchie case? Dovreste scrivere dei fantasmi, piuttosto!

— Nina! — Sua madre la fulminò con uno sguardo di rimprovero, mentre i ragazzi si scambiarono occhiate leggermente apprensive. Non aveva mica ì intenzione di tradire Smokey e di spifferare la loro spedizione alla casa del Vecchio Pete?

— Quali fantasmi? — domandò cauto Jake.

Nina fece un sorrisetto perfido e compiaciuto al fratello che la guardava in cagnesco dall'altra parte del tavolo e, bevendo una sorsata d'acqua, scrollò le spalle. — In questa città ci sono fantasmi *dappertutto*. Un giorno Marcie Holliday è andata nel bosco e *ha* visto...

— Nina, non a tavola, per favore — la frenò sua madre con un sospiro. Cosí facendo mise fine alla discussione, almeno fino al termine della cena.

— Chi è Marcie Holliday? — domandò Jake a voce bassa, mentre si alzavano da tavola. I genitori di Smokey erano nel frattempo scomparsi in cucina.

Smokey si strinse nelle spalle. — Una compagna di classe di Nina. Credi che potrebbe essere...?

— Adesso glielo chiedo. Nina! — chiamò Jake.

La ragazzina si voltò sorpresa in fondo alle scale, con uno svolazzo di trecce intorno alla testa. — Ancora quella storia di fantasmi, eh? — Gli lanciò un'occhiata sospettosa, ma il desiderio di raccontare la sua storiella fu piú grande di quello di irritare il fratello. — Nel bosco *ci sono davvero* i fantasmi — confermò, aspettandosi una reazione di scetticismo se non un'aperta presa in giro da parte dei tre ragazzi. — Marcie li ha visti quando era nel bosco con suo padre.

— E cosa ha visto? — insisté gentilmente Jake. Bryan non fiatò, inesperto com'era nel cavare informazioni da una ragazzina di nove anni. I luoghi in cui era facile incontrare i ragazzini piú piccoli erano quelli in cui lui era stato una volta con Adam, e tornarci adesso era come ricevere una pugnalata nello stomaco.

— Mi ha detto che sono sbucati fuori tutti dal bosco — riferí Nina, mettendosi sulla difensiva a braccia conserte. — E che erano *veramente* spaventosi. Erano tutti bambini piccoli – degli spettri di bambini – che andavano a prenderla per portarla via con loro. E *cantavano*.

— Cosa? — le chiese Jake, aggrottando la fronte, mentre Bryan e Smokey si scambiarono un'occhiata eloquente.

Nina lo fulminò con uno sguardo caustico. — Lo *sai*. La filastrocca! Quella dei Passi del Diavolo. *Per primo viene il fuoco, il sangue per secondo, terza è la tempesta...*

— Non è necessario che la *canti*, scema! — la interruppe subito Smokey, roteando gli occhi.

Nina gli fece una smorfia e non smise di declamare quei versi, che però continuarono a cantilenare autonomamente nella testa di Bryan. "Che al quattro annega il mondo, al cinque c'è la rabbia, al sei l'odio abissale. Settima è la paura, ottavo il piú gran male..."

— Ah, quella! — esclamò Jake, ridendo nervosamente. — Giusto. E cosa è successo... — si affrettò a chiedere — a Marcie e ai fantasmi?

— Lei è corsa da suo padre come una poppante — rispose Nina con tutto il disprezzo possibile per quell'atteggiamento infantile. — Che nullità! Se fosse capitato a me, ci sarei ritornata subito, con una torcia e con la macchina fotografica di papà, e poi...

— Tu vedi di non metterci piede, nel bosco — le ordinò Smokey in tono severo, afferrandola per un braccio.

Lei, seccata, si liberò dalla presa. — Tu non cambi proprio mai, *Stephen*! Non sono piú una *bambina*.

— Altroché! Sei una bambina piagnucolosa. E sai bene che non puoi andare nel bosco. Perciò non andarci! Dico sul serio — la minacciò.

Nina emise un drammatico sospiro e roteò gli occhi. — Come... vuoi... tu. — Si voltò e si precipitò su per le scale. — Fanatico del controllo! — gli gridò, giunta sul pianerottolo, prima di eclissarsi in camera sua sbattendo la porta.

Smokey scosse la testa e, appoggiandosi alla parete, alzò gli occhi al cielo. Per un istante, sembrò volesse borbottare qualcosa su quanto trovava irritante sua sorella, ma poi rivolse uno sguardo obliquo a Bryan e restò in silenzio.

— Allora, che ne pensate? — disse dopo qualche istante.

— Dei fantasmi nel bosco? — Bryan si strinse nelle spalle. — Be', perché no? Un'altra leggenda di Redford — disse improvvisamente. — Tutti i ragazzini hanno delle visioni, che poi dimenticano non appena diventano grandi. *Se* ci riescono... a diventare grandi.

— Non tutti — ribatté all'istante Jake. — Cioè, a me non è mai successo. — Ma lo disse in un modo ambiguo, quasi piú per convincere *se stesso*. Bryan avrebbe potuto insistere per saperne di piú, ma Smokey, sorridendo, prese la parola. — Non ti è mai successo che cosa? Di diventare grande?

Scoppiarono tutti e tre a ridere e sentirono la tensione sciogliersi. Per un istante, se non altro, le cose sembrarono piuttosto normali.

12

Si trattennero ancora per un po' a casa di Smokey, cercando di non pensare troppo all'Uomo Nero. Bryan aveva trascorso un'infinità di serate come quella, ma non era abituato ad avere compagnia. Si sentiva stranamente distaccato da tutto, quasi si osservasse dall'esterno. Come gli era potuto succedere di vivere una vita in cui starsene in poltrona a giocare coi videogame rappresentava un mondo alieno, mentre fuggire dalle forze delle tenebre era la normalità?

Anche se infilarsi dritti nella casa di King's Hill non era stato esattamente come fuggire. O no? Sarebbero stati ancora in fuga, se non avessero spezzato quell'illusione. E l'indomani si sarebbero recati alla stazione per fare la stessa cosa: rovistare in un vespaio, cercare di capire da dove arrivavano le vespe ed evitare di farsi pungere.

Adesso che aveva trovato dei compagni, le sue intenzioni erano cambiate. Gli rimanevano ancora dei dubbi sull'utilità delle loro indagini, ma prima l'idea di farle non gli sarebbe passata neanche per l'anticamera del cervello. Gli ultimi cinque anni erano stati di passiva e immobile accettazione, ma ora che anche gli altri avevano cominciato a farsi domande, si rendeva conto di volere risposte.

— Allora... com'è che hai cominciato a fare ricerche su questa roba? — domandò a Jake mentre tornavano a casa lungo Wintergreen Avenue. — Cioè, è stato dopo che Lucy... è scomparsa, oppure...?

Con le mani infilate nelle tasche del suo giubbotto sportivo, Jake alzò le spalle. Bryan era colpito dal modo in cui l'altro riusciva ancora a parlare di Lucy, a sentirne pronunciare il nome senza trasalire. Jake era triste, arrabbiato, alla ricerca di risposte, ma Lucy gliel'avevano *portata via*. Non era stato lui ad abbandonarla, non era stato lui a lasciarla morire. Forse era quello il suo modo di ricordarla senza che lo schiacciante senso di colpa cancellasse ogni traccia dei bei ricordi.

— Non saprei — rispose. — Cioè, la storia mi è sempre piaciuta. Molti di quei libri su in mansarda li avevo già, ma dopo la sua scomparsa, dopo che tutti hanno smesso di cercare... è diventata un'ossessione, credo. Ho cominciato a cercare nei giornali, a rintracciare i nomi di tutti i ragazzini scomparsi, a cercare di dimostrare che... — Scosse la testa. — Non lo so nemmeno io cosa volessi dimostrare. Forse volevo solo fare vedere a quegli... *idioti*... che erano ciechi, che lei non era una delle solite adolescenti che scappavano di casa. — Fece un sorriso ironico. — Nessuno voleva stare a sentire.

— Nessuno lo fa — convenne Bryan. Lo sapeva bene anche lui. Nessuno stava mai a sentire, cosí, dopo un po', uno smetteva di parlarne.

— Ma piú cose scoprivo — disse Jake a fior di labbra — piú sembrava che nessuno ci avesse mai messo gli occhi sopra, perché altrimenti come avrebbero fatto a non accorgersene? Come avrebbero potuto leggere quell'elenco di bambini scomparsi e non vedere che...? — S'interruppe. — Non so, mi sembrava impossibile. Cosí ho continuato a raccogliere materiale, a metterlo insieme, e ho cominciato a tracciare uno schema regolare... leggende sul bosco, leggende su King's Hill... Ho cominciato a chiedermi se esistesse una specie di culto o roba del genere. Insomma, la leggenda dell'Uomo Nero la conoscevo, certo, ma...

— Ma cosa? — gli domandò Bryan, sicuro che Jake nascondesse qualcosa. Come era possibile che Smokey, che viveva a Redford da soli due anni, si fosse trovato davanti all'Uomo Nero, mentre Jake, che lí ci era nato e cresciuto, non avesse mai visto niente?

— Avanti, Jake — lo spronò, evitando di assumere un tono accusatorio. — Stamattina non sarà di certo stata la prima volta che vedevi qualcosa! A Redford ci sei cresciuto, santo cielo! Tutti i ragazzini che sono cresciuti qui hanno visto *qualcosa*. — Ricordò tutte le scene di quando era bambino e faceva le elementari, gli insegnanti che, sorridendo, attribuivano quelle visioni all'immaginazione infantile e consolavano gli allievi che avevano visto fantasmi nei ripostigli e folletti appostati dietro gli alberi rimandandoli fuori a giocare, verso le grinfie in agguato dell'Uomo Nero.

— Forse è cosí — disse Jake — ma giuro che io non ho mai visto niente. — Bryan sarebbe stato costretto a chiudere lí la questione se Jake non si fosse affrettato ad aggiungere: — Non era niente.

— Cosa non era niente? — chiese subito Bryan.

— Niente! — insisté Jake, arrabbiandosi con se stesso. — Una volta ho creduto... — S'interruppe, scuotendo la testa. — Ma era tutta una cosa mia. Mi stavo spaventando da solo. Non era niente.

Bryan voleva fargli dire di piú, ma si costrinse ad aspettare. Continuarono a camminare in silenzio, attraversando all'incrocio di Geller Street. Qualche istante dopo Jake riprese la parola, come se Bryan non ci fosse. — Una volta ho visto un documentario. Ero piuttosto piccolo... sei o sette anni, non ricordo. Sui lupi. C'erano dei lupi bianchi che erano... erano *bellissimi*. Capisci cosa voglio dire?

Bryan fece segno di sí con la testa per non interrompere il flusso incerto del discorso dell'amico.

— Ero completamente ipnotizzato. Una volta avevo un gatto... ero capace di starlo a guardare per ore. Ma quei lupi erano... qualcosa di diverso. Difficile credere che al mondo esistesse una cosa del genere. Erano come... dei. Divinità animali. E, da come si muovevano, sembravano fantasmi: in assoluto silenzio, come se non fossero veramente lí; come se il resto del mondo fosse qualcosa con cui potessero facilmente confondersi. Come se nient'altro, a parte loro, fosse reale.

Jake non disse piú nulla per un lungo momento, cosí continuarono a camminare in silenzio. Poi, di colpo, riprese a parlare. — Li ho visti... cacciare. Fra gli alberi. Non ricordo il posto esatto, o cosa avessero preso. Ricordo solo il modo in cui sbucarono dal nulla dilaniando la preda. E quell'animaletto... Non ricordo cosa fosse, ma tanto, niente sarebbe piú stato come prima. Niente e nessuno si sarebbe potuto sottrarre a quei lupi, quegli dei-lupo, perché erano il massimo della perfezione.

Bryan vide Jake gettarsi uno sguardo sopra la spalla, quasi automaticamente, e si domandò se l'avesse fatto consapevolmente.

— Ho cominciato ad avere degli incubi — continuò Jake. — Sognavo di essere da qualche parte fra gli alberi, mentre loro mi guardavano. Mi guardavano e mi seguivano. E io li vedevo; li intravedevo mentre scivolavano fra gli alberi. E poi... e poi, sparivano. E lo *sapevo*. Lo sapevo che finché li avevo sotto gli occhi ero al sicuro; ma una volta scomparsi...

Subito Bryan pensò che Jake si fosse interrotto un'altra volta, ma poi si rese conto che la sua voce si era ridotta a un sussurro quasi impercettibile. — E una volta ho creduto di vederli per davvero. Ero nel bosco con mio padre, e lui era tornato indietro un istante per raccogliere una cosa che gli era caduta. E io ho visto... — Scosse furiosamente la testa. — Ma era solo un'ombra. O era un cane o chissà cosa. L'husky di qualcuno. Ma per un solo istante... per un solo istante mi era sembrato un lupo bianco.

A quel punto tacque, e Bryan cercò qualcosa da dire. Dentro di sé non dubitava che Jake avesse visto un vero lupo; vero come la figura appesa nella casa disabitata o l'Uomo Nero alla fine dei Passi del Diavolo. Ma sembrava che Jake l'avesse ricacciato in un angolo, rifiutandosi di crederci, rifiutandosi di accettare che i lupi dei suoi incubi potessero diventare reali, e Bryan non era sicuro di volerlo riscuotere da quell'idea.

Si era fatto buio. "Buio? Siamo in piena estate."

Cercò di leggere l'ora, ma non riuscí neppure a vedere il quadrante. Quando erano venuti via da casa di Smokey non poteva essere piú tardi delle sette e mezzo; ci sarebbe stata luce ancora per qualche ora. E, parlando, non avevano fatto un bel pezzo di strada? Non avrebbero dovuto essere ormai arrivati a casa di Jake? Dove *erano*?

In lontananza un lupo ululò.

13

Jake sgranò subito gli occhi, che spiccarono bianchissimi nell'oscurità. — Sembrerebbe un... cane bello grosso. — Accelerò il passo, ma Bryan non era sicuro che sarebbe servito.

— Ehi, Jake? — disse piano. — E adesso dove stiamo andando?

Il ragazzo dai capelli neri si fermò confuso, come se fino a quel momento si fosse mosso col pilota automatico. Si guardò intorno con sbigottimento crescente. — Io, ehm, be'... che strada è questa?

— Non lo *so* — confessò Bryan, cominciando a farsi prendere leggermente dal panico. Ma come avevano fatto a perdersi? Era impossibile.

— Dobbiamo aver imboccato... ehm, dobbiamo aver imboccato la traversa sbagliata. Se torniamo indietro...

— La traversa sbagliata? — domandò Bryan. — Jake, è una *vita* che viviamo qui! Questa non è mica una metropoli!

— Dai, Bryan, calmati! — Stranamente, il fatto che Bryan sembrava perdere la calma serví a Jake a ritrovare la propria. — Siamo spaventati tutti e due, e al buio sembra tutto diverso...

— Buio? Jake, siamo a *luglio*.

— Allora, deve essere piú tardi di quanto pensassimo. Girò sui tacchi, pronto a tornare da dove erano venuti. — Se solo... — Si fermò di colpo.

In fondo al vicolo c'era un lupo bianco che li guardava in silenzio. Un lupo? Era grosso quanto una tigre, immobile. Li guardava con due occhi pallidi, svuotati di ogni espressione... persino piú terrificanti di uno sguardo di odio o di rabbia.

Il mantello color della neve sembrava stranamente brillante, nell'oscurità. A Bryan, che non osava muoversi, cominciarono quasi a lacrimare gli occhi. Batté le palpebre e, in quella frazione di secondo, l'animale scomparve.

— Dov'è finito? — domandò, stupefatto da tanta velocità.

— Io non l'ho visto muoversi... — disse Jake in tono assente e distante, con gli occhi fissi sul punto in cui prima si trovava il lupo.

Bryan cominciò a guardarsi freneticamente intorno, ricordandosi improvvisamente le parole che Jake gli aveva detto poco prima: «Lo sapevo che, finché li avessi avuti sotto gli occhi, sarei stato al sicuro; ma una volta scomparsi...»

In fondo al vicolo, dall'altra parte, c'era un altro lupo, spettrale e dallo sguardo vacuo come il precedente. Bryan rimase paralizzato e si sforzò di tenere gli occhi aperti come quando aspettava che gli scattassero una foto. Il lupo non si comportava affatto come un animale reale; non sbadigliava, né annusava o muoveva le orecchie. Non sembrava neppure respirare.

Alle sue spalle si sentí un rumore, e Bryan si voltò di scatto. Niente. Tornò a guardare in fondo al vicolo, ma anche il secondo lupo era scomparso. Si avvicinò a Jake, il quale era rimasto immobile per tutto il tempo. — Devono essercene due — gli sussurrò.

— Ce ne sarà un branco intero — ribatté Jake debolmente.

— Decidiamo da che parte andare e diamocela a gambe — disse Bryan. Quel vicolo sconosciuto e stretto non aveva vie d'uscita, e se i lupi avessero cominciato a muoversi contemporaneamente verso di loro...

— A che servirebbe? — domandò Jake nello stesso tono di prima. — Non ce la faremmo mai a seminarli.

— Be', almeno facciamo *qualcosa*! — sbottò Bryan in preda a una nuova ondata di panico. Non poteva certo tenere d'occhio nello stesso tempo le due estremità del vicolo, ed era convinto che ogni volta che distoglieva lo sguardo, i lupi tornassero a guardarli con gli stessi occhi spenti. — Forza, su!

Decise che l'estremità del vicolo verso cui si stavano dirigendo era la piú vicina, afferrò l'altro per un braccio e se lo trascinò dietro. Incespicando, Jake lo seguí suo malgrado, anche se con un'espressione vacua che a Bryan non piaceva affatto. Sembrava un coniglio immobilizzato dai fasci di luce dei fanali di un'auto, fisicamente e mentalmente paralizzato.

Raggiunsero rapidamente la fine del vicolo e Bryan serrò i pugni senza accorgersene, quasi sperando di poter sconfiggere a mani nude quelle enormi creature.

Niente lupi.

— Dove sono andati? — Si guardò intorno, ma non vide nulla. Sarebbe stato meglio riuscire a vederli.

Giunsero in un luogo che sembrava il punto di

congiunzione dei vicoletti, il che però era impossibile, dato che a Redford non esisteva un posto del genere e, del resto, nessuno avrebbe mai creato un simile luogo in nessuna città. Da lí alcuni angusti passaggi si diramavano in otto diverse direzioni; i muri erano alti, troppo alti. Bryan non capiva neppure da quale vicolo fossero arrivati fin lí.

Non c'era un barlume bianco in fondo a uno dei tunnel?

"Tunnel? Ma fino a un istante fa non erano vicoli?" Il mondo si stava fondendo per forgiarsi in maniera differente. Era un incubo che veniva incorporato dalla realtà, mentre l'Uomo Nero li serrava nelle sue grinfie... Però non erano solo i lupi, c'era anche tutto il resto: visioni che riportavano ai giorni primordiali di quando gli uomini stavano accovacciati nelle grotte alla mercé di belve che si aggiravano furtive.

All'improvviso, in un istante di lucidità e temendo che tutto stesse accadendo per davvero, Bryan vide apparire nella sua mente otto lupi, che bloccavano ogni possibile uscita e convergevano verso il centro...

— Dobbiamo muoverci di qua! — E con una spalla spintonò letteralmente Jake per dirigerlo in un tunnel scelto a casaccio. — Muoviti! Muoviti!

Ormai avevano deciso, e se uno dei lupi fosse apparso davanti... I muri e i soffitti sembravano chiudersi su di loro, e Bryan ebbe l'impressione di non avere piú lo spazio per girare sui tacchi nemmeno se l'avesse voluto. Il che era insensato, dato che Jake, piú grande di lui e con le spalle piú larghe, continuava a camminare. Se Bryan avesse potuto avanzare, anche strusciando le spalle nelle pareti, lo spazio non gli sarebbe mancato. Solo che non ce la faceva.

Oltre Jake non riusciva a vedere nulla; a denti stretti poteva solo continuare a spingerlo avanti, anche se in previsione dell'attimo in cui Jake si sarebbe fermato di botto, o peggio, dell'attimo in cui il lupo sarebbe sopraggiunto dalla *sua* estremità del tunnel, azzannandolo alle calcagna...

Perché, dunque, i lupi *non* lo facevano? Dove erano finiti? Cosa stavano aspettando? Bryan provò il folle impulso di gridare loro di farsi avanti e morderlo, di farla finita.

Naturalmente conosceva il vero motivo per cui non avevano ancora aggredito né lui né Jake. I mostri non si limitano mai solo ad *attaccare*. Prima viene l'inseguimento, poi la caccia...

Nell'attimo stesso in cui pensava queste cose, una folata di aria fredda lo investí in piena faccia e i due amici si ritrovarono all'aperto. Riemersi dalla bocca di una grotta, erano ora in un'ampia distesa di alberi...

"Oddio, il bosco! Vi prego, il bosco no!"

Ma... un attimo: non era il bosco di Redford. E quelli erano alberi che non esistevano piú da secoli; forse non erano mai esistiti. Erano gli alberi delle favole, e quello era il genere di foresta in cui i bambini smarriti vagavano per giorni e giorni, in cui c'erano cose nere che, senza essere disturbate dagli uomini, potevano rimanere in agguato per secoli e secoli.

— Dove diavolo siamo? — Bryan sentí Jake bofonchiare. Ma non poteva dargli una risposta, anche se avesse avuto il fiato per farlo. Era una follia, era impossibile che si trovassero lí; eppure, a un certo livello, toccava una corda cosí profonda da fargli sembrare la cosa tutt'altro che innaturale. Quello non era un luogo, era un incubo; era il concretizzarsi dei frammenti di tutte le fiabe e delle storie fantastiche che si ricordava. Si aspettava quasi di vedersi apparire davanti Cappuccetto Rosso che saltellava in mezzo agli alberi... solo che, in questa storia, non ci sarebbe stato né un eroico boscaiolo, né il lieto fine.

In questa storia, dopo essersi avvicinati, i grandi lupi cattivi li avrebbero fatti a brandelli, dilaniandoli.

A quel punto si udí un altro triste ululato, lontano, ma piú vicino di quello che avevano sentito poco prima nel vicolo. O quello che era stato il vicolo. Bryan si girò a guardare in direzione della grotta, ma pure quella era sparita, piegata e messa via come una quinta teatrale che non serviva piú. Quando era l'Uomo Nero ad avere il controllo della situazione, il tempo e lo spazio si piegavano alle regole degli incubi... E gli incubi dicevano che quando arrivavano i lupi, ti eri già perso in una foresta, senza piú alcuna via di fuga.

Al primo ululato se ne uní un altro. E poi un altro ancora. E poi quei primi ululati crebbero e diventarono un coro, tramutandosi in un suono terrificante, lugubre e straziante al tempo stesso. Gli ululati sembravano arrivare da tutte le direzioni, come se ci fosse un vero esercito di lupi in lontananza.

Bryan e Jake erano circondati.

14

Il coro di lupi cessò. Non gradualmente come era cominciato, ma di colpo, come se fosse stato premuto un interruttore. Il suono rimase sospeso nell'aria per un lungo momento e Bryan non era certo se fosse una vera eco o soltanto il ricordo degli ululati che gli risuonavano in testa.

Quel suono di preistorica memoria aveva fatto agghiacciare il sangue a Bryan, il quale istintivamente allungò la mano per stringere il braccio di Jake, il solo contatto umano in quel luogo di disperata solitudine.

Lo sentí tremare e ritrarsi al suo tocco, cosí si rese conto che, per quanto fosse spaventosa per lui, quella situazione doveva essere assai peggiore per Jake: la rappresentazione dell'incubo che l'aveva perseguitato per quasi tutta la vita. Bryan dovette avvicinarsi per vedere la sua espressione.

— Jake, stai bene? — gli domandò sottovoce, benché fosse convinto che, ovunque si trovassero, i lupi sarebbero riusciti a sentire tutto: i respiri, i battiti del cuore e, forse, persino i denti di Jake che battevano.

Jake sembrava veramente tremare con una violenza da mettere paura. — Ho f-f-freddo — fu l'unica cosa che riuscí a dire.

Freddo? Non era forse un sintomo dello stato di shock? Ma che accidenti *significava* "essere sotto shock"? Come ci si doveva comportare? Bryan non aveva né una giacca né un maglione da offrirgli; lui stesso non aveva addosso altro che una leggera maglietta estiva, mentre Jake aveva ancora il giubbotto sportivo.

Di colpo Bryan rivide mentalmente l'immagine fugace di Jake che si frugava nelle tasche del giubbotto. Intrappolati nell'oscurità della casa di King's Hill, alla ricerca di...

— Jake! Ce l'hai ancora l'accendino?

— Eh? — Jake corrugò la fronte mentre il suo volto spaventosamente inerte cominciava a riprendere vita. Poi iniziò a frugarsi nelle tasche. Ci mise un'eternità a ritrovare quell'accendino, e le mani gli tremavano cosí tanto che per poco non gli cadde. Bryan lo prese velocemente, temendo che una volta finito a terra non sarebbero piú stati in grado di ritrovarlo.

Gli ci volle un momento prima di capire come dar vita alla fiamma. Anche se non tremava come Jake, aveva le dite intorpidite dalla paura; e in ogni caso non aveva mai usato un accendino. Finalmente riuscí a generare una minuscola fiammella. Pensò che forse cosí avrebbe distrutto la sua allucinazione notturna, e quell'unica, minuscola punta di luce e di calore gli sembrò il centro dell'universo.

E sembrò anche calmare leggermente Jake. — Dove sono? — domandò in tono nervoso, muovendo rapidamente gli occhi in tutte le direzioni... un vero miglioramento dopo lo stato catatonico in cui era caduto. Dopotutto, pensò Bryan, la sua paura non era irrazionale.

— Non lo so — ammise Bryan, guardandosi vanamente attorno, accecato com'era dall'aver fissato la fiammella dell'accendino. Pensò che se avesse smesso di controllare la foresta per troppo tempo, sarebbe stato assalito dalla certezza che ci fosse un lupo, da qualche parte, e gli sarebbe venuta la pelle d'oca.

— Perché restiamo qui *impalati*? — domandò Jake in tono disperato.

— E dove possiamo andare? — fu la domanda di Bryan. Ciò nonostante, ripresero a camminare. Temeva che quella foresta potesse essere infinita, ma fingere di fare qualcosa era sempre meglio che starsene ad aspettare di essere sbranati da un branco di lupi. Erano circondati, e quegli animali si stavano avvicinando sempre di piú.

Secondo Bryan era meglio scappare, ma non c'era nessun posto dove scappare e, non vedendo i lupi, nulla *da* cui scappare. E quell'avanzare lento e nervoso era sotto molti aspetti peggiore di una corsa a perdifiato. Piú che una fuga, sembrava il momento di quiete prima dell'arrivo del mostro in un film dell'orrore.

— Ne ho visto uno! — bisbigliò Jake, stringendo forte la spalla dell'amico. Bryan seguí il suo sguardo, ma non scorse nulla. Considerato l'attuale stato mentale di Jake, era difficile stabilire se avesse veramente visto qualcosa.

Bryan si fermò di botto. — Stiamo sbagliando tutto! — esclamò.

— Cosa? — domandò Jake preoccupato, strattonando Bryan per un braccio. — Avanti, non ti fermare!

— No! — Qualcosa era scattato nel cervello di Bryan, un ricordo di quanto si erano detti con Smokey poco prima. — Ma non capisci? Stiamo sbagliando tutto!

— Sbagliando tutto!? È un incubo! Come si può sbagliare? — esclamò Jake alzando la voce per il panico.

— Un incubo. Giusto! — Bryan schioccò le dita. — Le paure, Jake! Quello che dicevi tu. Non si può fuggire dalla paura correndo.

— La fai facile, tu! Non è mica una paura tua!

Bryan deglutí e vide un'ombra argentata vagare fra due alberi scuri non molto lontani. Erano ormai arrivati a una piccola radura, o meglio, a una specie di slargo fra gli alberi. — Secondo me si tratta della paura di qualcun altro — lo corresse. E si voltò a guardare l'albero piú vicino. Era alto circa dieci metri, ma non era nodoso e massiccio come quelli della foresta di Redford. Era talmente dritto che pareva un palo del telegrafo.

Forse era cosí proprio per impedire alle persone di arrampicarcisi sopra – poco ma sicuro, questa sembrava proprio essere la parte di un incubo – ma Bryan era un vero esperto quando si trattava di salire su un albero. E Adam era stato un campione locale, una vera leggenda.

Adam. Un agghiacciante promemoria – come se ne avesse avuto bisogno in quel momento – sul fatto che, incubo o non incubo, non era facile risvegliarsi da una situazione del genere. Si avvicinò all'albero e afferrò un ramo.

— Cosa fai? — gli chiese Jake.

— Mi arrampico. Aiutami — grugní.

— Non servirà a non farti vedere! — gridò Jake, che automaticamente, però, si fece avanti per aiutare Bryan con una spinta.

— Mica voglio nascondermi! — ribatté, passandogli con cautela l'accendino. — Non perderlo! È la sola nostra occasione.

— Che occasione? — domandò Jake. — È soltanto un...

— È *fuoco*, Jake. Fuoco. — Cominciò ad arrampicarsi, senza guardare giú, non per timore delle vertigini, ma perché aveva la netta sensazione che i lupi si stessero avvicinando.

Afferrò il ramo piú vicino, lo tirò forte e lo staccò dal tronco. Poi si lasciò cadere, ruzzolando a terra. Spezzò il ramo in due, lanciandone velocemente una metà a Jake.

— A cosa ci serve, Bryan? — gli domandò sottovoce Jake, ma guardando da un'altra parte. Bryan seguí lo sguardo dell'amico fino a scorgere due occhi pallidi e sfavillanti che li guardavano sotto il chiaro di luna.

In risposta, Bryan si limitò a prendere l'accendino dalla mano tremante di Jake e ad avvicinare la fiamma all'estremità del ramo, che prese immediatamente fuoco. Forse dipendeva dal fatto che era legna secca di un bosco morto. O forse dipendeva da qualcos'altro...

Stava giusto voltandosi per accendere il pezzo di ramo di Jake, disegnando con il tizzone ardente una scia nella notte come se fosse il fuoco artificiale di un bambino, quando qualcosa lo colpí violentemente sulla schiena con la stessa potenza di un camion che ha perso il controllo.

15

Il suo primo, confuso pensiero fu: "Dio, com'è pesante!" I lupi erano grossi quanto un uomo adulto, forse di piú, ma non ci si sarebbe mai aspettato che degli esseri cosí eterei fossero tanto pesanti.

Se non fosse andato a sbattere contro Jake, facendolo vacillare, Bryan sarebbe finito lungo disteso a terra.

Il fiato gli uscí fuori con una violenza tale che si sentí i polmoni in gola.

La confusione era totale. Quanti erano i lupi lí con loro nella radura? Tre? Quattro? Venti? Tutto a un tratto vide come un luccichio di zanne e di artigli dappertutto e avvertí una fitta di dolore allo stinco, un dolore mai provato prima, e gridò.

Udí Jake strillare dall'altra parte della radura, ma non capiva se fossero grida di terrore, di dolore, o solo un tentativo di fare uscire le parole dalla bocca. Vedeva l'amico dimenarsi alla cieca, brandendo il ramo che Bryan gli aveva dato. Stava colpendo qualcosa? Bryan non era in grado di dirlo.

Si trovava a terra. Come ci era finito? Era caduto? La gamba ferita era completamente intorpidita, come se l'avesse immersa nell'acqua gelida.

Sopra di lui incombeva un lupo, il muso che quasi gli sfiorava la faccia, che gli mostrava le zanne aguzze in un ghigno terrificante e riusciva tuttavia a mantenere un'espressione fredda e distaccata.

Disteso sulla schiena, Bryan rimase con lo sguardo fisso per una frazione di secondo che durò un'eternità; se ne stava lí paralizzato, oltre che dalla mancanza di fiato, anche dalla sensazione che fosse tutto troppo surreale perché accadesse veramente. Sebbene fossero in posizione di attacco, i lupi non fiatavano: nessun ringhio, nessun ululato, neppure il rumore dei loro passi. Se non fosse stato per l'incredibile peso della zampa sul petto, avrebbe quasi detto che erano fantasmi.

Che fosse o non fosse soprannaturale, il lupo era sicuramente fatto di materia solida. E adesso si stava chinando verso di lui, con una lentezza incredibile, accingendosi ad azzannargli la gola. Perché fermarlo? Perché non rimanere lí steso e lasciarsi ipnotizzare da quei terribili occhi vacui, aspettando la fine?

Bryan si stava muovendo, ma non se ne rese conto finché non accadde. Il braccio parve disegnare autonomamente un arco, portando sotto il muso dell'animale il ramo acceso che ancora riusciva in qualche modo a tenere saldamente in mano.

Gli aveva fatto male, Bryan ne era certo, ma il lupo rimase impassibile e poi si dissolse, liberandogli improvvisamente il petto da quell'enorme peso. Si rialzò in piedi, muovendosi ancora sotto la guida di un pilota automatico che ignorava di possedere.

Brandí nuovamente il ramo e i lupi piú vicini caddero all'indietro. Come poteva essere ancora acceso? Si sarebbe dovuto spegnere nella caduta o agitandolo in aria. E gli tornarono alla memoria le notti dei falò, quando lui e Adam facevano finta di duellare con i tizzoni ardenti. Bastava distrarsi per un istante e le fiamme si spegnevano. Eppure quel tizzone continuava ad ardere come se fosse una vera torcia inzuppata nella pece o in qualcos'altro, come nei film.

Ancora piú improbabile era il fatto che i lupi sembravano averne paura. Nonostante fossero cosí grandi e per giunta cosí numerosi, silenziosi, forti e veloci in maniera soprannaturale, essi avevano veramente paura di lui e del suo bastoncello ardente.

"Io credo" si rese conto. Quel pensiero improvviso lo colpí come qualcosa di buffo, come quando si ascolta il fervore isterico di una folla rapita dalle parole di un santo predicatore. Ma questa volta si non si trattava di un concetto astratto; questa volta si trattava di qualcosa di piú profondo, che riportava agli istinti che si tramandavano da centinaia di migliaia di anni.

"Io credo nel fuoco." Non era stato questo il pensiero che gli aveva attraversato la mente quando era salito sull'albero?

L'Uomo Nero traeva il suo potere da ciò che trovava nella tua mente, ma le forme che prendeva in prestito dai tuoi incubi avevano le loro regole. Aglio per i vampiri; argento per i lupi mannari; e una torcia ardente per gli animali dalle grosse zanne che sbucavano dall'oscurità.

Bryan lo sapeva molto bene: l'aveva visto nei film, letto nei libri, sentito raccontare infinite volte. Ma finora non si era mai reso conto di quanto ci *credesse* veramente. "Ebbene, cos'è che sai? In fin dei conti, credo in qualcosa."

I lupi continuavano ad arretrare, dissolvendosi fra gli alberi. L'attacco, la sua istintiva autodifesa, l'improvvisa epifania... tutto questo era successo in pochissimi secondi. I lupi erano arrivati e se n'erano andati in un lampo.

— Jake? — Si guardò intorno, ricordandosi solo adesso che non era solo. Appena scomparsi i lupi, la radura aveva cominciato a rischiararsi, come se l'alba avesse accelerato il suo arrivo. Jake era disteso sulla schiena ai piedi di un albero, immobile, con le braccia incrociate sul petto come un cadavere disordinatamente composto.

— Jake? — Corse dall'amico, lasciando cadere la torcia a terra senza neppure pensarci. La fiammella ormai morente si spense riducendosi in cenere.

Bryan si mise su un ginocchio accanto all'amico e vide la smorfia di dolore che gli deformava i lineamenti. — Jake, stai bene? Sei ferito?

L'altro aprí gli occhi, apparentemente sorpreso di vederlo. — Bryan? — disse inebetito.

Bryan si guardò attorno, poi guardò se stesso e, adesso che il pericolo era passato, cominciò a tremare. — Sí, sono io.

Jake si levò goffamente a sedere. — Dove sono andati? — domandò, scrutando tutt'attorno. Era di nuovo giorno, ed era la stessa sera d'estate di quando si erano messi in cammino. Anche gli alberi adesso sembravano piú bassi, piú familiari, piú *vivi*.

— Se ne sono andati — rispose Bryan, sforzandosi di abbozzare un sorriso. — Li ho spaventati. — Non riusciva a credere che fosse successo per davvero.

Come in risposta a quella sensazione di irrealtà, avvertí una fitta al polpaccio. Si voltò per guardarsi la gamba dei jeans: era ridotta a brandelli. — Oddio! Guarda! — Arrotolò quel po' di stoffa che rimaneva per vedere la ferita. Era piuttosto superficiale e formata da tre graffi paralleli, ma sanguinava ancora e bruciava da morire. — È stato uno di loro — si lamentò.

— Hanno preso anche me — disse Jake, togliendo la mano destra dalla sinistra che stringeva saldamente. C'era una macchia di sangue rosso brillante.

— Oh, Gesú! — Bryan si piegò su di lui, sentendosi lo stomaco in gola, e con la mano coprí di nuovo la ferita di Jake. — Ti hanno morso?

— Credo di sí — rispose Jake in tono appena appena distaccato, anche se non era piú lo zombi di dieci minuti prima (era passato cosí poco tempo?). Anziché esserne turbato, Jake sembrava morbosamente attratto da quel morso.

Bryan si strappò via la maglietta e fasciò alla bell'e meglio la ferita di Jake. — Non toglierla — gli ordinò, aiutandolo a rimettersi in piedi.

— Dove andiamo? — gli chiese Jake, vacillando leggermente.

— All'ospedale! Avanti! — Bryan prese una direzione a casaccio e si fece strada fra gli alberi.

16

Riemersero quasi subito e si trovarono nel parco. Bryan non ci tornava da cinque anni, ma ancora gli sembrava tutto spaventosamente familiare. Le altalene, il castello di tubi su cui si arrampicavano da bambini e la cui vernice si stava scrostando... e alle sue spalle il bosco. All'improvviso avvertí la presenza di suo fratello, ovunque; una sensazione soffocante e forte come non l'aveva mai provata in nessun altro luogo eccetto, forse, nella stanza di Adam.

Se non fosse stato cosí urgente cercare qualcosa per medicare Jake, sarebbe rimasto paralizzato sul posto. Ciò nonostante procedette in mezzo all'erba, barcollando come un ubriaco, sforzandosi di non vedere cose che gli avrebbero riacceso i ricordi. Ricordi troppo dolorosi da vedere ma troppo preziosi da abbandonare.

Non funzionò. Ogni cosa – l'odore dell'erba, i raggi del sole che tramontava sulle spalle nude – scatenava frammenti di ricordi casuali. La testa gli rimbombava di risa, quelle infantili di Adam, che riecheggiavano sinistre. Adam che rideva, Adam che correva, Adam che diceva: "Andiamo nel bosco!"

"Dai, sarà fichissimo! Di cosa hai paura, Bryan? Mamma e papà non lo verranno mai a sapere. Possiamo farci un salto di nascosto e tornare prima che vengano a prenderci. Di che cosa hai paura?"

Be', se Adam fosse stato lí quel giorno, sarebbe stato perfettamente in grado di dirglielo. "Sí, avevo paura. Io ero il bambino che aveva paura dei mostri e tu eri il tipo tosto che ai mostri non ci credeva. E chi aveva ragione di noi due, Adam? I mostri esistono per davvero e possono farti del male."

Percorse le strade incespicando, con Jake al seguito, impegnato in un dialogo interiore con il fratello scomparso da tanto tempo. I fantasmi della memoria erano diventati cosí potenti da renderlo quasi inconsapevole del resto del mondo; si sarebbe potuto trovare davanti a un camion e vederlo solo dopo esserci finito sotto le ruote.

Ma non c'erano camion. Né vecchiette preoccupate che sbirciavano da dietro le loro siepi quei due adolescenti malconci e sanguinanti. Nessuno che chiedesse loro: — Ehi, voi due! Tutto bene? — Ma anche questo era tipico di Redford. Tipico della filosofia del non vedere.

Destandosi dai suoi pensieri, Bryan si accorse di essere già in ospedale. Forse Jake sapeva dove erano diretti o forse il suo corpo si era mosso grazie al solito pilota automatico che aveva appena scoperto di possedere. Del tragitto fatto prima di arrivare lí non ricordava assolutamente nulla.

Sentiva di avere il viso rigato di lacrime, ma non ricordava di aver pianto. Be', non che in quelle circostanze sarebbe stato fuori luogo.

Si precipitarono dentro al Pronto Soccorso e Bryan cercò disperatamente aiuto. Senza ascoltare le parole che gli uscivano dalla bocca, disse che erano stati assaliti da un grosso cane. Ma era come se neanche gli altri lo ascoltassero: i medici li osservarono con calma, gli altri pazienti rivolsero loro occhiate curiose. Bryan si chiese con quale frequenza il personale di quell'ospedale si trovasse a che fare con morsi di lupo, di piranha e di vampiri... migliaia di ferite impossibili ideate dall'Uomo Nero, nessuna delle quali però veniva presa in considerazione; proprio come la gente non si accorgeva di qualsiasi cosa succedesse a Redford.

Un infermiere portò Bryan in un'altra stanza per pulirgli le ferite e per fargli un'iniezione – un'antitetanica, immaginò – ma per questo avevano bisogno del consenso dei genitori.

L'accettazione contattò suo padre; a quell'ora della sera sua madre era sicuramente già andata a letto. In quei giorni sembrava avesse bisogno di almeno sedici ore di sonno, come se mettendosi a letto e spegnendo la luce potesse nascondersi dal mondo.

— Tuo padre verrà a prenderti tra poco — gli disse l'infermiere.

Bryan rimase quasi meravigliato. — Le è parso... preoccupato? — gli domandò cautamente, avvertendo come uno strano spasmo di euforia nello stomaco. L'idea che, forse, l'essersi fatto male potesse essere servito a penetrare negli strati di isolamento che esistevano fra lui e i suoi genitori gli dava quasi le vertigini.

— Jenny gli ha spiegato che si trattava di un semplice graffio — lo rassicurò l'infermiere che non aveva per niente afferrato il senso della domanda. Ma del resto, nessuna persona normale l'avrebbe fatto. — Ha detto che gli è sembrato piuttosto tranquillo.

Bryan aveva l'impressione che questa Jenny che aveva parlato con suo padre potesse avere un'idea piú precisa. "Tranquillo" era un eufemismo; "distante", "catatonico", "zombesco" erano aggettivi che meglio avrebbero potuto qualificarlo.

Era troppo sperare che un piccolo danno fisico potesse provocare una reazione. Bryan resistette all'impulso improvviso di balzare su e spaccare tutto. Intorno a sé vedeva oggetti che rompendosi gli avrebbero dato una grande soddisfazione...

"Cosa bisogna fare per farsi capire da questa gente?"

Gli infermieri avevano un gran da fare, cosí dopo avergli pulito le ferite e avergli fatto l'iniezione, lo rispedirono nella sala d'attesa. Jake lo raggiunse poco dopo, sfoggiando una benda sul palmo della mano.

— Sembro un reduce di guerra — disse scuotendo la testa mentre si lasciava cadere sulla sedia di plastica accanto a Bryan. Alzò le mani in aria, se le guardò e fece una smorfia; l'ustione della mattina cominciava a essere molto arrossata. Fece un sospiro. — Che altro dovrà succedere?

— Oh, non è mica finita — profetizzò tetramente Bryan. Poco prima l'idea di sconfiggere l'Uomo Nero era stata una vana speranza, un modo di credere che stavano facendo veramente qualcosa di concreto. Ma adesso il loro nemico aveva dichiarato guerra, e lui non era piú certo di poter essere al sicuro da nessuna parte.

Jake fece un altro sospiro e si passò la mano senza

bende fra i capelli da punk. — Eppure... li hai spaventati e messi in fuga.

Bryan non riuscí a impedire che un largo sorriso gli si disegnasse sul volto. — Già. È cosí. Grazie al tuo accendino.

In verità, aveva capito, i lupi non li aveva tanto spaventati quanto... neutralizzati. L'Uomo Nero li aveva avvolti nell'incubo di Jake, ma Bryan ne aveva modificato lo svolgimento. Il potere dell'Uomo Nero derivava dal farti credere che ti aveva ferito... ma avevano potere anche le altre cose in cui uno credeva. *Esisteva* sicuramente il modo di opporsi.

Una fitta dolorosa alla gamba ferita dagli artigli del lupo gli fece subito ricordare che c'era una bella differenza tra il deviare momentaneamente gli attacchi dell'Uomo Nero e l'essere al sicuro da lui.

— Oh, cavolo! — Jake si raddrizzò di scatto. — Ho detto all'infermiere di avere usato un accendino per spaventare l'animale. E se adesso lo dice a mio padre? Lui non sa che fumo.

— Oh, digli che era mio — ribatté Bryan con un'alzata di spalle.

— E i tuoi non si arrabbieranno? I miei andrebbero su tutte le furie. E io, almeno, ho *quasi* l'età.

"Sí, come no!" — No, a loro non gliene importa niente.

Si spalancò la porta e una coppia dall'espressione preoccupata fece irruzione nella sala. L'uomo, basso e dalla carnagione scura, e la sua elegante mogliettina erano totalmente in contrasto con il loro alto e atletico figlio, ma Bryan riuscí comunque a notare una certa somiglianza con Jake.

Notò anche la loro preoccupazione, evidente nel modo in cui si agitavano come uccelli in gabbia; facevano domande a Jake, facevano domande agli infermieri, bofonchiavano guardando increduli la fasciatura. Jake sembrava imbarazzato e a disagio.

Dopo aver trascorso il tempo necessario ad accertarsi che il figlio stesse veramente bene, che la sua mano non si sarebbe infettata, che non si sarebbe gonfiata e poi staccata, spostarono la loro attenzione su Bryan.

— Lui è il mio amico, Bryan Holden — lo presentò Jake. A quel punto, cominciarono ad agitarsi per *lui*, esaminando i suoi graffi ed esclamando frasi ansiose. Bryan si sentí asfissiare dalle loro attenzioni, ma non in un modo che Jake avrebbe capito.

"Smettetela! Fatela finita, capito? Non siete i miei genitori. Perché vi comportate cosí? Perché darsi tanta pena per uno che non è neppure vostro figlio? Adesso smettetela!"

— Bryan, i tuoi genitori dove sono? — gli domandò preoccupato il signor Steinbeck.

"E a te che te ne importa?" — Ehm... mio padre sta arrivando — rispose, felice una volta tanto di non dover mentire.

— Aspetteremo qui con te — decise gentilmente la madre di Jake.

"Cosa? No! No, pessima idea." — Ehm, davvero, sto bene. Non è necessario.

— Oh, non se ne parla nemmeno che ti lasciamo solo — disse magnanimo il signor Steinbeck. — È il minimo che possiamo fare. È stata una vera fortuna che ci fossi tu con il nostro Jake.

Così fu costretto a rimanere lì seduto, dondolando le gambe su quella scomoda sedia di plastica e cercando di convincere con la forza del pensiero gli Steinbeck ad andare a casa, dicendo loro che avevano lasciato il forno acceso, che avevano dimenticato di chiudere a chiave casa per la fretta, che il loro programma preferito stava per cominciare... qualsiasi cosa pur di mandarli via prima che arrivasse suo padre.

Non funzionò.

17

La familiare figura curva del padre di Bryan entrò trascinandosi nella sala. Avrà avuto sí e no quarant'anni, con i capelli ancora biondo-rosso e nessun segno della pancetta di mezza età, eppure il suo aspetto era molto vecchio. Il signor Steinbeck era basso, ma Alan Holden sembrava piccolo, come fosse stato prosciugato di tutto quello che faceva di lui una persona grande, un uomo adulto e un padre.

Entrando senza alcuna foga, né gridando domande, gettò una vaga occhiata circolare alla sala d'attesa, quasi avesse già dimenticato la ragione per cui si era recato lí e se fosse importante o meno. Bryan si alzò dalla sedia e gli corse incontro.

— Papà, sono qui — gli disse, come se suo padre, anziché avere lo sguardo assente, l'avesse già visto.

— Oh, ciao, figliolo — lo salutò con un sorriso che però non si rispecchiava nei suoi tristi occhi grigi.

Bryan aveva risposto farfugliando a tutte le domande degli Steinbeck, cosí nessuno si sarebbe accorto che suo padre non gli chiedeva niente. — Vedi, ho questi graffi sul polpaccio, ma non sono gravi. Gli infermieri me li hanno puliti. È che siamo stati assaliti da un cane enorme, io e Jake, voglio dire. Eccolo là. — E gli indicò l'amico.

Suo padre gli ispezionò solennemente i graffi e annuí. Rivolse un breve sorriso agli Steinbeck, non piú sincero di quello che aveva elargito al figlio.

Avvertendo forse l'imbarazzo che stava per crearsi, il padre di Jake scattò in piedi e si avvicinò per stringergli vigorosamente la mano. — Eli Steinbeck. Mia moglie Adira — disse, indicando col capo la sua metà.

Stringendogli la mano, il padre di Bryan parve ritrovare una sorta di vitalità. Si trattava del gesto formale e banale che faceva ogni giorno quando andava al lavoro. — Alan Holden. Ellen è rimasta a casa a occuparsi della cena; temeva che se fosse uscita, sarebbe andata a fuoco la casa. — Un breve guizzo di simulato divertimento.

Bryan sapeva che era una menzogna; sua madre non cucinava, né faceva altro. Non era uscita di casa semplicemente perché era assai raro che lasciasse il bozzolo protettivo del suo letto. E sapeva che, pur trattandosi di una menzogna, e che suo padre sapeva che lui sapeva, nessuno dei due ne avrebbe fatto parola.

Piombò di nuovo un silenzio opprimente e, come al solito, Bryan prese la situazione in mano, riempiendo i vuoti, minimizzando. "Niente di strano, tutto a posto. Un leggero imbarazzo? È solo un'impressione. Tutto è perfettamente normale." — Ehm, forse dovremmo tornare a casa, sennò mamma comincia a stare in pensiero. — Eh! Come no! Una vera barzelletta.

— Sí, sí. — Seguí un altro terribile momento di vuoto prima che suo padre afferrasse il senso di quelle parole. — Sí — disse un'altra volta e con maggiore energia. — Andiamo, Bryan. Ho la macchina qui davanti.

Uscendo, Bryan incrociò gli occhi di Jake. Per un istante vi lesse un lampo di solidarietà e comprensione, poi seguí il padre verso la macchina, per tornare senza scambiarsi una parola nella loro casa senza vita. Scivolando sul sedile del passeggero e allacciandosi la cintura di sicurezza, gli parve di sentire la conversazione che aveva luogo alle loro spalle mentre erano all'ospedale.

"Oh, che strano ometto..."

"Su, su, cara, forse è solo un po' distratto..."

"Holden... non si chiamava cosí anche quel bambino scomparso alcuni anni fa? Aaron, Adam, qualcosa del genere?"

"Hmm, sí. Sí, adesso che lo dici, mi sa che quello è il padre."

"Poveretto. Forse da allora non è piú lo stesso."

Ma la cosa peggiore di tutte era: "Oh, quel povero ragazzo." Il peso della solidarietà altrui, anche se solo immaginata, era qualcosa che Bryan non sopportava.

Durante il viaggio di ritorno, lui e suo padre non si dissero una sola parola, ma questo era normale. L'autoradio non la accendeva mai, se non quando glielo chiedeva espressamente Bryan. E lo faceva solo quando usciva con entrambi i genitori e il silenzio fra loro tre diventava troppo opprimente. A quel punto si sintonizzava sul primo giornale radio che trovava, preferendo il suono delle voci, di qualsiasi voce, a una stupida canzonetta che sarebbe servita solo a peggiorare quel silenzio.

Però quella sera, per la prima volta, se ne accorse appena, indifferente com'era a quel viaggio in macchina, con la mente che non smetteva di rimuginare sugli eventi della giornata.

Arrivarono a casa che era tardi; il tempo sembrava essersi distorto e allungato, e anziché guardare la TV o fare i compiti, si fece una doccia e s'infilò il pigiama. Passando, si guardò allo specchio i graffi sulla gamba; sebbene non sanguinassero piú, risaltavano lividi sulla carnagione pallida.

Ma mentre si infilava fra le lenzuola in quell'afosa serata di luglio, la sua mente non era concentrata sulle ferite. Bryan non riusciva a non pensare alla loro vittoria; piccola, è vero... ma per una volta l'Uomo Nero non aveva vinto.

"Non ci ha battuti. Questa volta non siamo scappati... abbiamo fatto girare lui sui tacchi. Non gli abbiamo permesso di batterci." Perciò, forse, dico forse, tutto sommato c'era una qualche speranza.

Quella ritrovata sicurezza, però, non lo accompagnò nei suoi sogni.

Correva, correva, correva, incespicava nella foresta. "No, non era cosí che doveva andare. Noi non siamo scappati via... Dov'è Jake?"

Bryan era solo, solo nelle tenebre, in compagnia del branco di lupi che gli stava alle calcagna. Tutto quello che poteva fare era scappare.

Solo che continuava a inoltrarsi sempre di piú, verso il centro del bosco. "No! Piedi, dove mi state portando? Non qua dentro!" Ma non poteva voltarsi, non riusciva neppure a guardarsi alle spalle. E nemmeno voleva. Non era necessario che guardasse per sapere che si erano trasformati, che erano diventati delle gigantesche e malevoli cose nere. Non erano piú fantasmi solenni e maestosi che si assumevano un compito triste e inevitabile, ma oscenamente allegri: si gloriavano della caccia e della sua inevitabile conclusione.

Che, naturalmente, *era* inevitabile.

La radura. Una radura che, nonostante i topografi ci fossero passati e ripassati, non sarebbe mai figurata su nessuna cartina del bosco di Redford. Una radura che non sarebbe mai stata rilevata perché, qualunque direzione uno avesse preso all'inizio del proprio cammino – o meglio ancora, della propria fuga – l'avrebbe sempre trovata lí.

E i sassi. Tredici sassi dai quali non si poteva fuggire. Persino in quel momento, incurante dei lupi che aveva alle calcagna, Bryan rallentò senza volerlo, fino a fermarsi. Si bloccò davanti al primo sasso e pensò: "Questa volta... questa volta riuscirò a continuare per la mia strada."

Ma proprio mentre formulava quel pensiero di fuga, i piedi lo tradirono.

Per primo viene il fuoco, il sangue per secondo, terza è la tempesta, che al quattro annega il mondo.

Era stato uno stupido a pensare anche per un solo istante che la sua "vittoria" nei confronti dei lupi avesse significato qualcosa. Si poteva sviare l'Uomo Nero, forse, ma era solo un altro modo di scappare da lui.

Al cinque c'è la rabbia, al sei l'odio abissale. Settima è la paura, ottavo il piú gran male.

Uno poteva anche scappare, scappare, scappare... ma non per sempre. Ogni volta era sempre un po' piú vicino. E lui non riusciva a scappare perché era intelligente, perché era forte, perché era coraggioso... Ma solo per una questione di fortuna. Nient'altro che fortuna.

Il nove è la tristezza, e dieci fa il dolore, all'undici la morte... poi il dodici, l'amore.

O forse si stava illudendo, pensando che quelle fughe significassero qualcosa? L'Uomo Nero giocava con lui come il gatto col topo. Ricavando un tetro divertimento dalle continue speranze della sua preda, dal modo in cui il topo si convinceva che, *questa volta*, non si sarebbe beccato una zampata che l'avrebbe fatto tornare indietro, al punto di partenza.

Prima o poi, però, l'Uomo Nero si sarebbe stancato di giocare, e avrebbe fatto ciò che faceva sempre alla fine.

Tredici passi alla porta del Diavolo. Dall'Uomo Nero non si torna, non si torna davvero.

18

Era una domenica mattina luminosa. Nonostante facesse già caldo, Bryan si svegliò infreddolito dal sudore che gli si era ghiacciato addosso durante la notte. Si vestí alla svelta, imprecando per le condizioni dei vestiti buttati sulla poltrona della sua stanza. I suoi jeans migliori erano ridotti a brandelli e la maglietta della sera prima era ormai uno straccio incrostato del sangue di Jake. La appallottolò velocemente e con una smorfia di disgusto la gettò nel cestino.

Non erano solo gli abiti a recare i segni della lotta della sera prima. I lunghi graffi sul polpaccio che poco l'avevano preoccupato il giorno precedente adesso che era svanito l'effetto dell'adrenalina erano delle strisce rosso fuoco. Scese le scale saltellando goffamente, cadendo quasi faccia a terra all'ultimo gradino. A casa sua gli scalini erano quattordici e all'undicesimo lui faceva un salto atterrando direttamente sul pianerottolo – in quel modo i gradini rimanevano dodici. Era diventata una sua abitudine, lo faceva senza nemmeno pensarci, ma con la gamba ferita aveva fatto male i calcoli e cosí entrò nel soggiorno zoppicando di brutto.

Naturalmente suo padre era già sveglio, con i piedi sollevati davanti alla TV. Le ore di sonno che aveva guadagnato sua madre erano quelle che suo padre invece aveva perso; Bryan lo sentiva spesso vagare per la casa nelle prime ore del mattino e a volte sentiva sbattere la porta quando usciva a fare una passeggiata a notte fonda. Non usciva spesso, ma quando lo faceva spariva per sei o sette ore. Bryan non sapeva dove andasse di preciso.

Mentre sua moglie trovava conforto nel letto, per lui passeggiare era diventato il modo per scaricare la tensione. Come Bryan, anche loro avvertivano l'atmosfera pesante e la forte oppressione che regnava in casa. E nonostante fossero loro gli adulti, non è che riuscissero ad affrontare la situazione meglio del figlio. Anche loro avevano i loro sistemi di fuga.

Perché tutti e tre avevano bisogno di fuggire da *questo*: tutte le mattine, tutte le sere, era sempre lo stesso gioco a Fare Finta.

A Bryan non importava un fico secco se non lo abbracciavano o non gli snocciolavano una teatrale dichiarazione d'affetto. A lui sarebbe piaciuto se gli avessero chiesto se aveva fatto i compiti, oppure se gli avessero detto di non rubare i biscotti al cioccolato. La domenica, giorno in cui, un tempo, sua madre si alzava presto e si dava un gran daffare con il forno, lui e Adam si intrufolavano in cucina e prendevano tutto quello che potevano, e sempre venivano beccati in flagrante e rimbrottati, ma mai prima che fossero riusciti a conquistarsi un piccolo trofeo. Gli tornò in mente la settimana in cui sua madre aveva deciso di fare il pane e come, rovesciando la testa, aveva riso di gusto davanti alle loro accese proteste.

Erano cinque anni che non sentiva quella risata.

Sua madre non aveva smesso di ridere, ma la sua era diventata una risata di circostanza, quella che riservava al principale di suo padre quando se ne usciva con qualche stupida barzelletta per niente divertente. Sentirla ridere in quel modo era peggio che sentirla piangere.

Suo padre era sempre stato un uomo taciturno, ma il suo silenzio non emanava piú calore come una volta: adesso era di ghiaccio. Bryan ripensò brevemente al calore che avvolgeva il padre di Smokey il giorno prima e compianse se stesso.

Si sedette sul divano accanto al padre e si sforzò di guardare la TV con lui. Stavano trasmettendo una specie di film, ma avrebbero potuto benissimo essere cartoni animati o il telegiornale. La TV era sempre accesa, ma nessuno la guardava veramente.

Ciò nonostante fece uno sforzo. — Buongiorno, papà. Cosa danno?

— Un vecchio film di guerra — bofonchiò suo padre con una scrollata di spalle. Nonostante la mancanza di interesse, non staccava gli occhi dallo schermo.

— Chi sono gli attori? — gli domandò Bryan, odiando la propria voce per come gli usciva sempre in quei casi, proprio come quella dei suoi genitori quando si sforzavano di fare conversazione. Era diversa dalla voce che gli usciva quando parlava con Smokey o con Jake.

Suo padre scrollò di nuovo le spalle. — Sai, quell'attore con le orecchie grosse e i capelli lisci. — In passato, una risposta del genere sarebbe stata un invito a ridere di quella descrizione patetica, ma adesso non ne valeva proprio la pena. Bryan non avrebbe comunque ottenuto nessuna reazione, ma sentí il bisogno impellente di dire improvvisamente a voce alta: "Dai, papà, andiamo al cinema. Andiamo giú al fiume a fare le barchette di carta. Andiamo a svegliare mamma, cosí facciamo una gita al mare. Andiamo... Andiamo al bosco.

Quel bisogno gli passò di colpo e allora Bryan si alzò e andò a prepararsi la colazione. Tanto, suo padre si sarebbe limitato a dire: "Forse la settimana prossima, Bryan", oppure: "Sono sicuro che preferisci stare con gli amici piuttosto che con i tuoi vecchi." Bryan si chiedeva se suo padre fosse consapevole che fino a tre giorni prima lui non aveva avuto amici.

Jake e Smokey erano suoi amici? Immaginava di sí. Forse si erano ritrovati insieme per via della comune paura dell'Uomo Nero... ma non facciamo forse amicizia con chi ha qualcosa in comune con noi?

Nonostante tutto Bryan si sentiva addosso una strana energia ed era da parecchio che non si sentiva cosí bene. Il fatto di essere stato sotto l'attacco costante dell'Uomo Nero nelle sue molteplici forme era nulla rispetto al sollievo di avere realmente qualcuno con cui *parlare*.

Spazzolò velocemente i suoi cereali e mise la scodella nel lavello. — Papà, esco con i miei amici!

Zoppicando, passò innanzitutto a casa di Smokey. La gamba, adesso, gli faceva molto male, e sperava di non dover fare altre fughe. "No. Niente fughe" pensò, ricordando l'incubo della notte precedente. Ormai scappare non serviva piú a niente.

Come aveva immaginato, Smokey era già alzato e

vestito. Quando andò ad aprirgli la porta, la sua sorellina lanciò un urlo di spavento, mentre lui la esponeva a tutta la strada col pigiamino di Barbie ancora addosso.

— *Stephen!* — gridò, prendendolo a pugni sulle spalle. Smokey si fece una risata e Bryan ripensò ad Adam che gli faceva sempre scherzi di quel genere.

— Oh, non capisco perché strilla tanto — disse Smokey, uscendo fuori e scuotendo la testa. — Sono le otto di domenica mattina, chi vuoi che ci sia a guardarla? E chi lo farebbe?

— Le hai chiesto di Marcie comesichiama e dei fantasmi nel bosco? — chiese Bryan, mentre Smokey si chiudeva la porta alle spalle.

Smokey fece spallucce. — Ormai è convinta che voglia prenderla in giro e continua a dire che i fantasmi esistono *veramente* e che non è colpa sua se sono troppo stupido per crederci. Del resto, non posso nemmeno dire: "Sí, lo so che esistono, non devi *provarmelo.*"

— Già. — Si ricordò dei giorni immediatamente successivi alla scomparsa di Adam, al suo continuo raccontare quello che era successo a un'infinità di persone; le peggiori erano quelle che *facevano finta* di credergli, parlandone con lui in toni di condiscendenza e scavando nelle sue parole alla ricerca di quella che secondo loro era la verità vera. Non si stupiva che i lati oscuri di Redford fossero stati cosí a lungo tenuti nascosti, visto che anche coloro che ci credevano non sapevano se potersi fidare o no.

Senza neppure aver deciso quale direzione prendere, si avviarono verso casa di Jake. Smokey si accorse che Bryan zoppicava. — Ehi, che ti sei fatto alla gamba?

Bryan sollevò la gamba dei jeans e gli fece vedere le righe rosse dei graffi. — I lupi — disse brevemente.

Smokey rimase con il fiato mozzo. — I lupi? — Ma ci mise un attimo per afferrare cosa era successo. — Dove?

— Nella foresta.

— *Quale* foresta?

— Proprio quella — rispose Bryan, aggrottando le sopracciglia e indicando con gli occhi.

— E Jake? Sta bene? — domandò preoccupato Smokey.

— L'hanno morso, ma sta bene — gli spiegò Bryan. — È rimasto piuttosto scosso: ha una specie di fobia dei lupi.

— Non mi sorprende. — Smokey pareva sinceramente turbato, come se fino a quel momento non avesse mai veramente pensato che uno di loro potesse farsi male. — E c'è mancato poco che *mordessero* anche te? Come hai fatto a scappare?

— Li ho cacciati! — gli disse Bryan in tono euforico. — Avevo l'accendino di Jake e un bastone, ecco, e l'ho fatto diventare una torcia, e... — S'interruppe, scuotendo la testa. — È stato incredibile, avresti dovuto esserci! — Lui stesso stentava a credere che gli fosse successa una cosa del genere.

— Caspita! — Smokey rimase in silenzio per un istante e poi sorrise. — Ha *funzionato*, allora. Bisogna opporgli resistenza.

— Sí, ha funzionato! — convenne Bryan. Poi, smaltendo l'euforia, aggiunse: — Ma non basta. Certo, ci siamo difesi, ma a pensarci è stato solo poco piú che darsela a gambe.

— E allora, che dobbiamo fare? Cercare di andare... all'attacco? — domandò Smokey titubante.

— Ma come possiamo farlo? — chiese Bryan, sentendo che quell'attimo di ottimismo stava già per sfumare. — Puoi anche combattere contro un incubo, ma l'Uomo Nero è ben piú grande di un incubo. È l'origine di tutto quanto. Come possiamo combatterlo?

— Non lo so. — Smokey abbassò lo sguardo a terra, strascicando le scarpe da ginnastica sul vialetto di ghiaia. — Dobbiamo scoprire a ogni costo perché accade, Bryan. Perché qui? Perché è andata a finire cosí? — Scrollò le spalle. — Forse, se lo sapessimo, potremmo... — E lasciò morire la voce.

Bryan si stropicciò il viso. — Non lo so. Passiamo a prendere Jake e poi ci pensiamo. Perché dobbiamo farlo. La fortuna non potrà essere sempre dalla nostra parte.

Di questo era assolutamente certo.

19

Passarono a prendere Jake, e Smokey espresse il proprio stupore riguardo alle condizioni della mano dell'amico. I genitori di Jake si erano già alzati e stavano facendo un po' di giardinaggio. Non sembravano molto propensi a lasciarlo uscire, ma alla fine acconsentirono.

— È bello vedere che hai dei nuovi amici — commentò suo padre. Jake reagí a quell'osservazione con una specie di mascherato sussulto, e Bryan capí che stava pensando a Lucy. Immaginò che Jake avesse trascorso l'ultimo anno in una specie di solitudine autoimposta – che anche lui conosceva molto bene – buttandosi a capofitto nella sua ricerca. Il legame che esisteva fra Bryan e Smokey era in sostanza della stessa natura, ma gli Steinbeck non lo sapevano. Guardavano il figlio, felici di vedere che andava avanti con la sua vita.

Certo, se anche Bryan si fosse lasciato il passato alle spalle e fosse andato avanti con la sua vita di prima, i suoi genitori non se ne sarebbe neanche accorti... perché *loro* non l'avevano fatto.

Bryan era dell'avviso, in realtà, che lui e Jake stessero facendo *progressi*. E non stavano voltando le spalle a tutto ciò che era successo, ma si stavano dirigendo verso il nocciolo della faccenda. Non bastava venire a patti con quella storia se si aveva la certezza che continuava a coinvolgere parenti, fratelli e amici.

"Quanto tempo?" pensò. "Quanto tempo passerà prima della scomparsa di un altro ragazzino?"

Forse anche Jake stava pensando la stessa cosa perché, quando non furono piú a portata d'orecchio dei suoi genitori, domandò: — Qual è la nostra prossima mossa?

— La stazione? — replicò incerto Smokey. Scosso forse dall'entità delle ferite dei due amici, sembrava aver perso un po' della sua determinazione.

— Sí — rispose lentamente Bryan a fior di labbra. — Sí, credo sia necessario.

Camminando, i graffi sulla gamba gli bruciavano e lo strofinio dei jeans gli procurava un dolore non trascurabile. Il disagio era accresciuto dal fatto che faceva molto caldo, e i vestiti gli si incollavano sulla pelle. Non si sentiva affatto l'eroe di un romanzo d'avventura. Non era un eroe. Era solamente *stanco*. Stanco di tutti quegli anni vissuti all'ombra dell'Uomo Nero, in attesa che le ganasce della trappola si serrassero su di lui. Meglio fare qualcosa, qualsiasi cosa, anche se inutile.

Si trascinarono per la città senza che nessuno si accorgesse di loro, senza che nessuno si curasse del fatto che loro avevano *visto*. Tre semplici ragazzi in giro a caccia di guai, sicuramente. In giro a caccia di un po' di divertimento.

"Sí, è tutto spasso e divertimento, certo." Bryan ripensò a un vecchio gioco di una vita fa, ai giardinetti. "Che ora è, signor Lupo?" Ci si doveva avvicinare furtivamente al lupo cattivo, ma se lui se ne accorgeva, a quel punto eri spacciato. Però se riuscivi ad avvicinarti e ad afferrarlo, allora toccava a *te* fare il lupo. Ma significava veramente aver vinto? Ora potevi sbranare o essere sbranato, ma non potevi dire: "Ehi, basta. Non mi va piú." Non era contemplato il fatto di chiamarsi fuori e dire che non ti andava di giocare.

Scesero i gradini della stazione. C'era un gran viavai di gente persino di domenica, ma nessuno che andasse sul retro dei negozi, in quello spiazzo dimenticato coperto di erbacce e mattoni rotti. Ma certo! Perché mai avrebbero dovuto farlo? Quello era esattamente il genere di luogo in cui non andava mai nessuno.

Nessuno tranne i bambini. Il bosco e le case infestate dai fantasmi e i lotti di terra incolti dove non si costruiva nulla... Erano quelli i luoghi dei *bambini*. Gli adulti ci passavano davanti senza neppure degnarli di un pensiero o di uno sguardo, ma per i bambini rappresentavano un fortissimo richiamo.

Si fermarono per un istante davanti all'edificio della stazione, scambiandosi occhiate. Jake scrollò le spalle e Smokey buttò fuori il fiato con una leggera stizza. Poi guardarono tutti e due Bryan, come se toccasse in qualche modo a lui fare il capo.

Bryan voleva rifiutare energicamente quel ruolo, ma si limitò a sospirare. — Okay, va bene — disse sottovoce, e guidò gli altri dietro l'angolo per trovarsi davanti... al nulla piú assoluto: un vasto lotto di terra incolta su cui troneggiavano montagne di immondizia, alte sterpaglie e vecchi mattoni. A pochi metri, seppelliti per metà nel terreno, c'erano anche parecchi tubi arrugginiti. Sembrava fossero stati depositati lí in previsione di un cantiere, ma poi dimenticati.

Stando vicini per proteggersi a vicenda, si guardavano attorno temendo che qualcosa si avventasse contro di loro. Tutto fermo e immobile.

— Mattoni — osservò seccamente Jake, dopo un istante.

— *Vecchi* mattoni. — Bryan ne spinse uno con la punta del piede e un po' della calcina che vi era rimasta attaccata si sgretolò via. Era leggermente annerito, come se fosse stato in mezzo al fuoco, anche se dubitava che qualcuno avesse usato quei mattoni per fare un barbecue.

— Qui non c'è niente — disse Smokey, quasi meravigliato, avvicinandosi di piú a Bryan. Era come se quella presa di coscienza fosse persino piú snervante del trovarsi puntato contro tutto l'arsenale dell'Uomo Nero.

— Sei sicuro che questo sia veramente, be'... uno dei suoi luoghi? — domandò Jake dopo un istante. — Cioè, non potrebbe semplicemente essere...

Bryan scosse lentamente la testa. No. Era troppo tranquillo, troppo silenzioso, troppo... remoto. Come se la stazione fosse lontana un milione di miglia e non solo pochi passi. E disse: — Se è un posto normale... allora perché non ci sono quindici case e un supermercato? Sembra sia stato sempre disabitato.

— Ma perché? — domandò Jake. — Qui cosa c'era? — Fece un giro tra l'erba alta, scavalcando mucchi di mattoni abbandonati.

— L'esperto di storia sei tu! — gli ricordò Bryan. Lui si limitò a una scrollata di spalle.

— Forse perché è domenica? — cercò di spiegare

Smokey, continuando a guardarsi intorno con una certa apprensione alla ricerca di qualche traccia dell'Uomo Nero. — Un giorno di festa ce l'avrà *pure* lui.

— Che non coincide con il mio. Io sono ebreo — obiettò Jake. — E comunque non è che ieri mi sia servito a molto. — Distese la mano bendata per sottolineare il senso delle sue parole.

— La religione non servirà a niente — disse loro Bryan. — Almeno, non a noi. Io ho tredici anni! Mi risulta molto piú facile credere ai mostri che alla religione. — "Soprattutto dopo quello che è successo cinque anni fa."

— Forse il vecchio mulino si trovava proprio qui — ipotizzò Jake, guardandosi sopra la spalla mentre camminava. — Ma credo si trovasse un po' piú a sud. Sto cercando di ricordare cos'è che demolirono quando... Ahi! — Incespicò nell'erba alta e perse quasi l'equilibrio; c'era mancato poco che finisse disteso a faccia in giú.

— Altri mattoni? — tirò a indovinare Bryan, ma Jake aggrottò la fronte e si mise sulle ginocchia.

— Non credo... — disse lentamente. Poi con gli occhi colmi di stupore, sollevò lo sguardo su di loro. — Venite a vedere!

Preoccupati, i due si avvicinarono velocemente. — Cos'è? — chiese Bryan.

— Oh, è solo una tavola di legno conficcata nel terreno — disse Smokey, raddrizzandosi.

Jake fece segno di no con la testa. — Nient'affatto. Sta' a sentire. — Batté dei colpetti con le nocche sulla tavola e ne risultò un suono cupo, come se sotto ci fosse il vuoto. Si alzò e cominciò a batterci sopra con i piedi. Il legno cedette e il piede passò da parte a parte.

— Attento! — sbottò Bryan, afferrandolo per la spalla.

— Cavolo! — esclamò Jake indietreggiando. — È piú marcio di quanto pensassi.

Smokey si sdraiò a terra per guardare nella fessura. — Cosa c'è laggiú?

— Vedi niente? — gli domandò Bryan da dietro le spalle.

Smokey gli rivolse uno sguardo. — Sí. Per fortuna quando hanno costruito questo posto hanno usato lampadine a lunga durata.

— Chiedevo solamente. — Bryan scrollò le spalle, mettendosi sulla difensiva e rivolgendosi all'amico piú grande. — Jake, cosa pensi che sia?

— Una specie di cantina, direi. Doveva appartenere a uno degli edifici che furono abbattuti.

Aggrottando le ciglia, Smokey si rimise in piedi. — E come mai c'è ancora? Cioè, non si lascia la vecchia botola marcia di una cantina con il rischio che qualcuno possa sprofondarci dentro.

— A Redford forse sí — gli ricordò sottovoce Bryan.

Capí istintivamente che non si era trattato di una semplice svista, di una cantina vuota sigillata e dimenticata. C'era una ragione precisa per la quale loro tre ci erano finiti sopra mentre erano alla ricerca dell'origine del potere dell'Uomo Nero.

Facendo eco ai suoi pensieri, Smokey chiese tetro: — Non avrete mica voglia di andare là sotto?

Bryan si raddrizzò ed ebbe l'impressione che qualcosa fosse cambiato, che non vi fosse piú lo stesso tepore di prima. — No, ma non vedo alternative.

20

Strapparono con le mani quanto restava di quel legno marcio e viscido. Bryan non capiva se fosse stato nero già in origine o se ci avesse attecchito qualche muffa disgustosa. Sotto c'erano ancora i pioli della parte superiore di una scala, ma nessuno di loro si fidava a metterci i piedi sopra.

— Meglio fare un salto — disse Smokey. Adesso che ci arrivava ancora piú luce dall'alto, si vedeva che non era tanto profondo.

Non profondissimo, ma non appena toccò il fondo Bryan si ricordò di avere una gamba malconcia. Atterrando, barcollò e disse una parolaccia. Dall'alto, apparve il volto preoccupato di Jake. — Ehi, tutto bene laggiú?

— Sí, mi ero solo scordato... il cervello. — Concluse la frase in modo vago, guardandosi intorno. Deluso, vide che lo spazio era piccolo, poco piú di un cubo con i muri di mattone, angusto al punto che allungando le braccia poteva toccare contemporaneamente due pareti. Il pavimento era di terra battuta e le pareti leggermente convesse, tali da rendere l'ambiente ancora piú claustrofobico. Regnava un tanfo asfissiante e stantio di fango e decadimento.

— Quaggiú non c'è niente — annunciò, rovesciando la testa indietro per guardare gli altri e strizzando gli occhi per la luce che arrivava dall'alto.

Guardò poi la vecchia scala rotta appoggiata al muro. Rimanevano solo cinque pioli e anche quelli sembravano completamente marci e scheggiati, ma era abbastanza facile calcolare lo spazio, contare quanti ne mancavano e sapere quanti fossero in origine.

"... undici... dodici... tredici."

Tredici passi alla porta del Diavolo...

— Un attimo. E quello cos'è? — La voce di Smokey riecheggiò sinistra in quello spazio ristretto.

— Cos'è cosa? — chiese Bryan.

— Nell'angolo.

— Non vedo niente — disse aggrottando la fronte.

— Spostati, Jake. — E di colpo Smokey saltò nella buca, eseguendo un atterraggio molto piú elegante di quello di Bryan. Adesso, in due, là sotto, spalla contro spalla, lo spazio era diventato soffocante e affollato. — Guarda... lí.

Smokey doveva avere la vista acuta per averlo visto da lassú, perché raccolto da terra l'oggetto sembrava poco piú di un frammento di cuoio nero, schiacciato e ridotto a una frittella. Rimasero per un istante a osservarlo perplessi sul palmo della mano di Smokey.

— È una scarpa — capí finalmente Bryan, nonostante le dimensioni minuscole.

— È la scarpa di una bambola — aggiunse Smokey. Avrebbe potuto darsi un colpetto sulla fronte. Era un dettaglio che dava molto piú senso alle cose... Oppure no.

— Perché mai quaggiú avrebbe dovuto esserci una bambola? — Quel posto sembrava troppo piccolo per essere un magazzino; inoltre un oggetto come una bambola si sarebbe sicuramente rovinato dopo pochi giorni in mezzo alla terra e all'umidità.

— Dove c'è una bambola di solito c'è anche una bambina — fece notare Smokey, che di sorelle piccole se ne intendeva.

Un pensiero ancora piú inquietante. — E cosa ci faceva una ragazzina quaggiú? — Bryan sollevò lo sguardo verso il piccolo riquadro di luce e il volto ansioso di Jake. Lo spazio laggiú era piú piccolo di quello di una cella e troppo profondo perché una bambina potesse uscirne.

Bryan vide mentalmente i volti pallidi e spaventati dei bambini rinchiusi lí al buio, e fu un'immagine cosí vivida che li sentí quasi stringersi intorno a sé. Immaginò le loro voci: sussurri impercettibili, pianti e lamenti, soffocati ed echeggianti, ovattati dai mattoni e dagli spessi muri di terra. Il mormorio opprimente di una folla che era allo stesso tempo un suono di intollerabile solitudine.

Sobbalzando per lo shock, Bryan si rese conto di conoscere quella voce. Come non poteva? L'aveva udita nei suoi sogni; l'aveva sentita cantare per lui negli ultimi cinque anni.

Per primo viene il fuoco, il sangue per secondo, terza è la tempesta, che al quattro annega il mondo...

D'un tratto avvertí la terra muoversi sotto i piedi. — Che cavolo...? Gesú! — Scattò all'indietro.

— Che succede? — gridò Jake dall'alto.

La terra si stava deformando sotto i piedi di Bryan, come se qualcosa si stesse contorcendo là sotto, lottando per liberarsi.

— Bryan, attento! — Con una spallata Smokey lo

spinse da una parte mentre qualcosa di pallido e sinuoso fuoriusciva dal muro proprio davanti ai loro occhi. Sembrava la testa cieca e viscida di un grosso verme. Entrambi arretrarono schifati.

Dalle pareti, tutt'intorno, presero a uscirne altri, spostando i mattoni con una forza poderosa. — Cosa *sono*? — chiese Bryan, aggrappandosi alla spalla di Smokey.

— Radici! — Nell'attimo in cui Smokey pronunciò quella parola, esse parvero cristallizzarsi in ciò che erano veramente. L'incubo di mura corrose dall'interno fino a crollare loro addosso li riportò alla realtà con la velocità di un fulmine.

Smokey rovesciò la testa per guardare in alto. — Dobbiamo andarcene di qui prima che venga giú tutto.

Dalle fessure tra i mattoni cominciò a cadere terra nera, piovendo veloce e liscia come sabbia che si ammucchiava. Una delle radici pungolò Bryan sulla spalla e lui la scansò con un urlo.

— Bryan, dammi la mano! — Era Jake, che ormai sembrava lontanissimo, là in alto. Non si trovavano piú in una stanzetta angusta, ma in fondo a una fossa profonda come un pozzo, con le pareti che si stavano sgretolando...

"So che non è la realtà. Lo so che non è cosí, lo so che non è la realtà..." Lo sapeva, ma la consapevolezza non aveva potere, non era sostenuta dalla forza della convinzione. Lo sapeva, ma stava soffocando a morte per la paura di rimanere soffocato, intrappolato là sotto, per la paura di asfissiare coi polmoni pieni di terra...

Smokey aveva già cominciato a risalire, trattenuto

per un polso da Jake, che tentava di trascinarlo verso l'alto. — Avanti, Bryan! Tu arrampicati!

E di colpo Bryan si ritrovò sprofondato nel passato, e si ricordò dei brontolii irosi del fratello, delle sue imprecazioni quando lui si fermava paralizzato a metà di qualche impresa rischiosa. Adam era l'arrampicatore, quello che entrava e usciva con agilità atletica dalle situazioni di pericolo, mentre Bryan era costretto ad accodarsi, piú piccolo, piú lento, non altrettanto coraggioso...

Sarebbe stato giusto che a sopravvivere fosse Adam, non lui. Adam che era sempre piú bravo in tutto. Quale crudele scherzo del destino aveva potuto portarsi via lui, risparmiando il suo giovane e inetto fratello?

— *Forza!* — Smokey lo afferrò per il lembo della maglietta e Bryan lo seguí a fatica, cercando di trovare un appiglio sui mattoni che erano diventati improvvisamente lisci e sdrucciolevoli come vetro. "Ti sei arrampicato su un albero senza rami e al buio; cosa vuoi che sia un muro di mattoni pieno di buchi?" Ma la calma sicurezza di sé che la sera prima era calata su di lui si era dissolta nel nulla.

Provò ad arrampicarsi, ma le radici continuavano a sbucargli intorno dalle pareti, frantumando i mattoni e rovesciandogli addosso una pioggia di terra nera. La gamba ferita gli bruciava come se andasse a fuoco. Bryan sputava frammenti di terra che gli erano finiti in bocca e cercava di scacciare la visione di sé sepolto vivo sotto una cascata di mattoni.

Smokey, che era accanto a lui, cacciò un urlo, ma Bryan non riuscí a capire perché. Gli afferrò il braccio e cercò di sollevarlo. Come aveva fatto a trovarsi in testa a Smokey? E perché quello spiraglio di libertà, in alto, sembrava ancora piú lontano?

Qualcosa gli si impigliò alla caviglia; lanciò un urlo e scalciò, cercando di liberarsene, ma il viticcio gli si avvolse intorno alla gamba, spesso e resistente come la radice di un albero. Lo tirava con forza, cercando di sbatterlo contro le pareti del pozzo e di farlo precipitare verso il suo destino.

Spinto dalla disperazione, sbatté la gamba intrappolata contro i mattoni e sentí la presa allentarsi leggermente. Si staccò, con la sensazione che la caviglia gli venisse staccata via, trascinandosi verso l'alto per un altro metro o due. Adesso si sentiva bruciare entrambe le gambe, mentre con il braccio sinistro cingeva Smokey che si arrampicava disperatamente, in preda al panico per l'angustia del pozzo.

Ancora un paio di metri e sarebbero riemersi sull'erba sopra di loro. Lí non c'era nessun pozzo di mattoni che sprofondava negli abissi della terra, cosí come non c'era nessuna foresta fiabesca nel cuore di Redford. Lo *sapeva* benissimo.

Lo sapeva. Ma doveva crederci.

Con la terra e la polvere dei mattoni che gli piovevano addosso, Bryan serrò gli occhi e continuò a risalire alla cieca, sforzandosi di rivedere mentalmente l'immagine della cantina come l'aveva vista la prima volta. Una minuscola stanza con le pareti di mattoni... E aveva pensato: *quanto* è piccola! Era saltato giú e, se non fosse stato per la gamba malandata, non si sarebbe neppure accorto del vuoto che c'era. Eppure stava ancora risalendo, arrampicandosi con le mani un po' alla volta...

"Manca solo un metro. *Lo sai* che manca solo un metro."

Sentí un doloroso colpo sordo sulla schiena e per poco non perse il controllo, ma rimase con gli occhi chiusi. Cercò invece di fissare l'immagine del ricordo nella mente, per renderla piú reale del persistente e asfissiante terrore dell'illusione. Tutti i sensi gli dicevano che stava per essere scaraventato negli abissi della terra e che lí sarebbe morto, ma lui respinse quei messaggi e cercò di allontanarli. Con un disperato sforzo dei muscoli, raggiunse la sommità...

... e afferrò la mano di Jake.

21

Bryan riemerse ansante alla luce del sole. I resti scheggiati della botola di legno gli si conficcarono nel ventre, ma lui non ci fece caso. Insieme a Jake issò Smokey, che in preda a un accesso di tosse si stringeva il petto come se avesse respirato terra.

Bryan gettò un'occhiata nel pozzo da cui era appena riemerso, e per un istante gli parve di guardare nelle profondità di una fossa che... era tornata a essere una piccola cantina quadrata. Il pavimento era cosparso di mattoni sbriciolati, e lui avrebbe giurato di aver visto una cosa bianca e serpentina scomparire rapidamente tra le ombre.

— Andiamocene subito da questo pozzo, okay? — propose con veemenza. — Non mi fido piú molto del terreno che abbiamo intorno.

Nessuno degli altri fece obiezioni. Con il respiro irregolare batterono in ritirata verso la stazione. Parecchi passanti li guardarono con diffidenza e Bryan si rese conto di quanto si fossero inzaccherati. Imbarazzato, si passò una mano fra i capelli.

Smokey si ispezionava il polso sinistro, che si era gonfiato. — Una ti ha beccato? — ipotizzò Bryan, ma Smokey scosse tremando il capo.

— Una che? — domandò con interesse Jake.

Bryan lo guardò con curiosità. — Tu cosa hai visto?

Lui scosse la testa. — Ombre... Per un istante mi siete sembrati lontanissimi.

— Credo che lo fossimo davvero — ribatté Bryan, espirando lentamente. E notò che Smokey non aveva ancora detto una parola. — Stai bene?

— Sí — rispose Smokey, leggermente irritato. — Mi sembra di avere inghiottito un campo da calcio. Temevo che saremmo rimasti *sepolti* laggiú. Davvero... Davvero non mi piace stare sotto terra. Ve l'ho mai detto?

Bryan gli diede una pacca comprensiva sulla spalla e si sforzò di non pensare al peso di tutta quella terra che all'improvviso si era stretta attorno a loro... Era stata la sua determinazione a concentrarsi sulla realtà dietro l'illusione a salvarli entrambi, o era stata pura e semplice fortuna?

— Ma che posto *era*? — chiese Smokey.

Bryan non poté che rispondere con un'alzata di spalle, ma Jake fece la faccia pensosa. — Credo di ricordare, adesso, che posto fosse — disse aggrottando la fronte. — *Credo* che lí ci fosse l'orfanotrofio.

Bryan si ricordò della scarpa di bambola che avevano trovato nella cantina. Nella fossa. Comunque la si volesse chiamare. Ad ogni modo, era un dettaglio che rendeva tutto piú sinistro di quanto avrebbe dovuto essere. Se lí c'era stato l'orfanotrofio, cosa vi era accaduto?

— Era uno degli edifici che hanno demolito per costruire la stazione? — chiese Smokey.

— Ho letto qualcosa... — disse Jake aggrottando la fronte. — Non lo ricordo esattamente, ma ho letto qualcosa su un incendio. Andiamo a casa mia — decise. — Vediamo se riusciamo a trovare l'orfanotrofio nei miei libri.

— E il pozzo? — chiese apprensivo Smokey. — Voglio dire... lo lasciamo cosí?

Bryan esitò e poi liberò un sospiro. — Possiamo sempre tornare domani, metterci sopra una tavola o qualcosa — propose, soprattutto per evitare che Smokey insistesse per fare qualcosa subito. Non era nemmeno sicuro che, tornando l'indomani, l'avrebbero ritrovato. — Se qualcuno ci finisce sopra... è perché ci doveva finire sopra, che noi lo copriamo oppure no. — A Redford funzionava che le cose uno le scopriva solo quando era l'Uomo Nero a *volerlo*.

Smokey non era troppo convinto. — Forse hai ragione tu...

Provocò in Bryan un oscuro senso di colpa, facendolo preoccupare per la sfera d'azione dell'Uomo Nero, per tutti i ragazzini che sarebbero venuti dopo di loro. Bryan aveva passato troppo tempo a starsene acquattato sulla difensiva, rinchiuso negli eventi del suo passato, per soffermarsi a pensare al resto del mondo.

Un altro strato di colpa da sovrapporre a un carico già pesante. Era sempre talmente concentrato su se stesso: fuggire senza cercare di salvare Adam, scappare dall'Uomo Nero senza provare a mettere in guardia o a proteggere nessun altro... Forse *meritava* tutto quello che gli era capitato. Se fosse stato un fratello migliore... una persona migliore... semplicemente *migliore*...

Mentre si dirigevano verso casa di Jake, dentro la sua testa c'era un frenetico rincorrersi di rimorsi di coscienza e sensazioni di disgusto verso se stesso.

I genitori di Jake erano ancora fuori, in giardino. Il figlio li salutò con la mano e si sbrigò a fare entrare i suoi amici in casa prima che attirassero l'attenzione sul loro stato lacero e malconcio. Bryan si diede una ripulita alla bell'e meglio nel bagno immacolato, impegnandosi per non lasciare impronte o tracce di sporco nel lavabo. Era da un pezzo che casa sua non era piú pulita a quel modo. I lavori domestici che ancora vi si facevano erano rapidi e sbrigativi. Tanto ormai non andava a trovarli piú nessuno.

Bryan uscí dal bagno e raggiunse gli altri su nella mansarda. Suo malgrado, contò gli scalini. *Per primo viene il fuoco, il sangue per secondo, terza è la tempesta, che al quattro annega il mondo...*

Fu un sollievo vedere che ce n'erano solo dieci. Tredici scalini per salire al primo piano della casa di King's Hill; tredici pioli per scendere nella cantina; tredici sassi nel bosco. I luoghi dell'Uomo Nero recavano tutti il suo numero, la sequenza che ti avrebbe condotto direttamente a lui. La rituale cantilena da recitare sul sentiero che ti portava dritto nell'oscurità.

Seduto con le ginocchia raccolte, Jake stava sfogliando un altro grosso libro di storia. Smokey era di nuovo stravaccato sul cuscinone e si massaggiava il polso. — Trovato niente? — chiese Bryan, sedendosi.

— Può darsi... Sí, qui. — Jake girò il libro a metà verso gli altri due, ma poi si sporse anche lui a guardare le pagine. — Ecco, mi pareva di ricordare qualcosa... È stato distrutto dal fuoco. Appiccato da uno dei ragazzini che ci vivevano. Sentite qua! — Si rimise il libro in grembo, sottraendolo alla vista degli altri due, e cominciò a leggere a voce alta.

— Norton – è cosí che si chiamava il bambino – sosteneva che l'orfanotrofio fosse la Casa del Male e che i bambini venissero picchiati e maltrattati. Stando alla sua testimonianza, il personale sottoponeva i bambini affidati alle loro cure a severe punizioni per la loro cattiva condotta, ricompensando quelli che denunciavano i misfatti altrui o ne rivelavano i segreti e le fobie, che poi venivano divulgati per accrescere ulteriormente un clima di controllo repressivo. Norton ha ripetutamente parlato di una stanza sotterranea usata per l'isolamento assoluto, della quale non è mai risultata chiara l'ubicazione. — Jake fece una pausa per lanciare un'occhiata significativa ai suoi amici.

— Già. Mi sa proprio che l'abbiamo trovata — mormorò Bryan.

Jake riprese la lettura. — Neanche Norton, nonostante dichiarasse di aver assistito alla sepoltura di numerosi bambini uccisi durante tali brutali punizioni, è stato in grado di condurre le autorità a quella tomba. Ha dichiarato inoltre di aver fatto parte di un gruppo tornato di nascosto in quel luogo per contrassegnarlo con dei sassi, segni che però non sono mai stati rinvenuti. E i dieci bambini che secondo lui avevano preso parte alla spedizione hanno sempre negato di esserne al corrente. — Voltò pagina.

— Si è giunti cosí alla conclusione che Robert Norton fosse un soggetto delirante, ragion per cui non fu imprigionato per l'incendio doloso, ma rinchiuso in una casa di cura alle porte di Londra, dove rimase per parecchi anni. L'edificio del vecchio orfanotrofio, rimasto sventrato nell'incendio, venne definitivamente demolito per fare spazio all'ampliamento della stazione.

Jake richiuse il libro con un colpo secco. Dopodiché seguí un lungo silenzio.

— Non sono solo passi, sono segni — osservò Bryan. Una fila di sassi che conducevano a una sepoltura segreta. Solo che il segreto non era stato mai svelato; quasi tutti quelli che ne erano stati a conoscenza avevano finto, per paura, di non sapere, mentre quelli che avevano osato parlarne, lo avevano fatto con poca convinzione. Il potere dell'Uomo Nero doveva essere cresciuto intorno a quello spaventoso inizio, come una perla che si forma intorno a un granello di sabbia dentro un'ostrica.

Un granello di sabbia nella storia di Redford. Qualcosa che sembrava piccolo solo dall'esterno; qualcosa di cosí sbagliato e fuori luogo che tutto ciò con cui aveva a che fare risultava distorto e deformato.

— Quindi questo Pete — intervenne finalmente Smokey — il cui fantasma si suppone abiti ancora a King's Hill... era *lui* l'Uomo Nero? Doveva trovarsi all'orfanotrofio quando furono commessi tutti quegli omicidi... Forse è stato il suo fantasma...

Bryan scosse la testa. — Non credo che si tratti del fantasma di un uomo — disse senza giri di parole. Non poteva pensare che l'Uomo Nero fosse solo uno spirito inquieto; era troppo... *grande,* in qualche maniera, troppo potente. Forse Peter Hayward aveva visto quel che era successo all'orfanotrofio, forse ne era stato parte... Ma anche con la sua morte rimaneva soltanto un elemento della storia.

— È piú come se fosse... il fantasma di *ciò che è accaduto* che il fantasma di una persona — disse lentamente Bryan, sentendo che tutto stava prendendo forma nella sua testa. — Siamo prigionieri dei loro incubi — aggiunse. — Quei bambini... tutti quei bambini, sono morti qui, e quel che è successo a loro... è rimasto. L'Uomo Nero è l'intera faccenda che ha preso vita; lui conosce tutte le nostre paure, e nessuno ci ascolta quando cerchiamo di far capire cosa sta succedendo.

— E la rima? — chiese Smokey.

— E se avesse avuto origine come... una maniera per ricordare? — suggerí Jake sottovoce. — Una maniera per... non dimenticare quel che è successo a coloro che sono scomparsi? Che poi è stata tramandata nel corso degli anni, tanto che ormai nessuno sa piú di cosa parlava, né ricorda le parole originarie... Ma questo genere di cose si tramandano sempre. Nessuno ricorda mai come sono cominciate, ma la leggenda continua a crescere.

— Come pure l'Uomo Nero — concluse tristemente Bryan.

— Sicuramente si *nutre* dei bambini che ruba — realizzò Smokey, assumendo un'espressione di disgusto. — Se ha avuto origine da ciò che è accaduto a quei bambini, significa che ciascun bambino che muore lo rende piú forte.

Bryan vide Adam come un'anima intrappolata per alimentare la stessa cosa che l'aveva portato via e sentí un nucleo incandescente di rabbia crescergli dentro. I crimini perpetrati su quei bambini inermi riecheggiavano oltre la tomba, condannando infiniti altri allo stesso destino. Non potevano lasciar perdere.

Ma come potevano metter fine a quella situazione?

— Secondo voi, qualcuno ha mai cercato di metter fine a questa faccenda? — domandò Smokey, facendo eco ai pensieri di Bryan.

— Se cosí è stato, non c'è riuscito — replicò tetro Bryan.

— Bisognerebbe tornare dritti alla scena del crimine; al centro di tutto — disse Jake, guardando Bryan. — E questo significa tornare ai Passi del Diavolo.

22

— Sto pensando a quello che ci ha detto Nina — disse di colpo Smokey, rompendo quel silenzio di piombo. — Che la sua amica Marcie era convinta di aver visto fantasmi di bambini...

— Credi che fossero fantasmi veri? — domandò Bryan.

— Può darsi... — rispose facendo spallucce. — Potrei chiamare Nina, che sarà sicuramente al corrente delle storie piú recenti. Voleva convincermi che erano vere... Forse sa anche qualcos'altro.

— Okay. — Bryan dubitava che la sorella di Smokey potesse essere d'aiuto, ma non aveva voglia di discutere. Sapeva già, con una sorta di disperato fatalismo, a cosa sarebbero arrivati, qualunque cosa avessero tentato.

Ai Passi del Diavolo. Tutto, presto o tardi, avrebbe ricondotto ai Passi del Diavolo. Tutto avrebbe ricondotto nel cuore del bosco.

Per primo viene il fuoco, il sangue per secondo, terza è la tempesta, che al quattro annega il mondo...

"Coraggio, Bryan! Ma di che cavolo hai paura?"

Chiuse gli occhi per arginare i ricordi, ascoltando il mormorio della voce di Smokey che parlava al telefono al piano di sotto. Da Jake, muto, arrivava solo lo sporadico fruscio delle pagine che voltava. Bryan non capiva se cercasse altre notizie sull'orfanotrofio o se stesse semplicemente leggendo. Forse non era abituato a leggere in compagnia.

Almeno, non da quando era scomparsa Lucy. Bryan si chiese quante altre persone avessero perso fratelli, sorelle, amici, figli per mano dell'Uomo Nero nel corso degli anni. Quanti di loro si erano resi conto o avevano almeno immaginato cosa fosse successo? Qualcuno aveva mai cercato di opporsi? O erano tutti come i suoi genitori, intrappolati in quella specie di orribile limbo in attesa di risposte che non avrebbero mai ottenuto?

Sentí la porta di sotto chiudersi e Smokey salire pesantemente le scale, abbastanza veloce da farli sobbalzare per lo spavento.

— Ho chiamato casa. Nina non c'è. Mia madre credeva fosse con noi. — Non disse altro, non era necessario.

Bryan si alzò in piedi. — Vuoi che andiamo a cercarla?

Smokey si massaggiò preoccupato la fronte. — È da stupidi, lo so — disse come per scusarsi — ma...

— Nessun problema — lo interruppe Jake.

— Voglio solo... capite, vero?

— Certo.

— Capiamo.

Gli altri due si strinsero nelle spalle come se niente fosse, ma quando Bryan incontrò gli occhi di Jake, vi lesse il suo stesso timore. Forse Smokey era ancora capace di credere che a Nina non sarebbe accaduto nulla, ma non loro due. Le cose potevano succedere a tuo fratello, alla tua migliore amica, o alla tua sorellina... e Bryan fu improvvisamente e spaventosamente consapevole di quanto fossero stati ingenui.

"Pensavamo *veramente* che l'Uomo Nero se ne sarebbe stato buono buono ad aspettare che pianificassimo la nostra prossima mossa?"

Uscirono come razzi dalla casa di Jake, ritrovandosi sotto il sole del pomeriggio che all'improvviso non sembrava piú luminoso e gaio come cinque minuti prima. — Sarà andata da Becca — disse subito Smokey. — Sta sempre a casa sua.

— Già. — Bryan si sforzò di apparire rilassato, ma camminavano a passo sempre piú spedito e con quella specie di ansia non dichiarata ma condivisa. Le ombre erano tornate per davvero; quella sensazione di prurito sulla nuca, di essere osservati... Bryan si sentí il cuore in gola e all'improvviso gli parve che i loro passi cadessero all'unisono, producendo un ritmo pesante e minaccioso.

Per primo viene il fuoco... il sangue per secondo... terza è la tempesta... che al quattro annega il mondo.

Strascicò un piede per cambiare passo, tentando disperatamente di spezzare quel ritmo troppo familiare prima che potesse sopraffargli di nuovo la mente. Jake gli gettò un'occhiata, ma senza dire niente guardò subito da un'altra parte.

"Andrà tutto bene, andrà tutto bene, andrà tutto bene..." Bryan scacciò dalla mente la filastrocca dei Passi del Diavolo con quella specie di preghiera, con quel mantra senza senso. "Devi crederci..." Ma non ci credeva e non riusciva a convincersi. Non poteva indursi a credere che esistessero storie a lieto fine quando il suo unico pensiero era Adam: la stanza vuota di Adam e il silenzio che regnava fra i suoi genitori, e il modo in cui la sua casa non sembrava piú un tutto unico...

Smokey li guidò quasi a passo di trotto fino a una casa a pochi isolati dalla sua. — Questa è la casa di Becca. Sarà sicuramente qui — disse agli altri con un guizzo nell'espressione che tradiva qualche incertezza.

Quando fece per bussare, Bryan fu colpito da un'immagine che gli era finita in fondo alla memoria: suo padre che andava in giro bussando di porta in porta. Prima dagli amici, poi dagli amici degli amici, infine da chiunque. "Adam è qui? Avete visto il nostro Adam? È venuto qui da voi? L'avete visto?"

Naturalmente anche allora Bryan sapeva in cuor suo che quella ricerca era inutile. Una consapevolezza che, solo a pensarci, gli faceva venire dei brividi freddi; non era sicuro se fosse quel ricordo a turbarlo oppure il dubbio che suo padre non avrebbe fatto lo stesso per lui, se non fosse tornato dopo aver incontrato l'Uomo Nero. Avrebbe pianto disperatamente, andando in giro a martellare alle porte della gente? Oppure aveva esaurito tutte le sue energie cercando Adam, restando con l'unica cosa che sembrava ancora avere: una grigia e fredda assenza di vitalità?

Bryan era cosí assorto nei ricordi che sobbalzò quando una giovane donna bionda andò ad aprire loro la porta e li accolse con un sorriso. Si era aspettato di vedere quella strana espressione furtiva che assumevano le persone quando cominciavano a diffondersi brutte notizie e i muri si riempivano di manifesti con su scritto SCOMPARSO. Quello sguardo di pietà frammisto a sensazioni di sollievo e colpa. "Sappiamo che il vostro ragazzo è scomparso, ma *noi* stiamo bene. Se non altro, non è successo a noi; se non altro, noi stiamo bene..."

Invece la donna aveva un'espressione allegra e leggermente sorpresa. — Stephen, ciao! Che ci fai qui?

— Scusi il disturbo, signora Cunningham — disse garbatamente Smokey. — Nina è per caso passata qui?

La signora Cunningham sorrise e Bryan si costrinse a trattenere le lacrime di sollievo. "Non c'entra *sempre* l'Uomo Nero" si rimproverò. "Adesso hai pure le visioni, sei diventato paranoico. Possono ancora esserci delle spiegazioni perfettamente normali."

— Ah, sí — disse la signora Cunningham. — È venuta una mezz'oretta fa per chiedere a Becca di andare a giocare al parco, ma Becca è ancora in castigo dalla settimana scorsa, cosí ci è andata da sola. Forse è ancora lí.

La sensazione di sollievo che l'aveva pervaso si cristallizzò di colpo in qualcosa di piú gelido del ghiaccio. Una bambina che, come nulla fosse, se ne andava da sola a zonzo al parco...

"Non è ancora finita. Oddio, non è ancora finita."

23

— È solamente un parco, giusto? — disse Smokey per la seconda, forse la terza volta. — I bambini ci vanno di continuo; sono lí a giocare tutto il tempo. — Ma non disse però quel che pensava: che forse Nina non era andata solo a giocare; forse ci era andata per dimostrare che i fantasmi di Redford erano piú di una semplice leggenda...

— Ma certo — disse Jake per colmare quel silenzio venato di tensione, visto che Bryan non era in grado di parlare. Era come se la lingua gli si fosse seccata e incollata al palato. Se fosse riuscito a parlare, probabilmente avrebbe urlato agli altri due di fermarsi, di tornare indietro, perché non erano pronti. Non era ancora il momento di muovere guerra all'Uomo Nero.

Avrebbe detto tutte queste cose, o forse no. Perché ancora piú forte della paura soffocante era il peso della sua colpa, che in quegli ultimi cinque anni aveva accumulato, forgiato e lustrato. "Sei scappato. Lui è venuto a prendersi Adam e tu sei scappato. Eri convinto di non poter fare nulla, ma ti sbagliavi. Vero? Avresti potuto combatterlo... Se fossi *rimasto...*"

Se fosse rimasto... Avrebbe potuto salvare Adam, o sarebbe stato rapito pure lui... o solo lui? E se fosse stato lui a essere rapito? Suo fratello sarebbe stato condannato alla stessa vita d'inferno che faceva lui da cinque anni? Una parte di lui non aveva dubbi, ma un'altra parte, una parte piú profonda e oscura, gli sussurrava che forse l'avrebbero superata, se fosse toccato a lui. Forse i suoi genitori si sarebbero ripresi dalla perdita del loro figlio piú piccolo nel modo in cui non riuscivano a fare per Adam. Dopotutto, lui era stato con loro per piú tempo, era sempre stato il piú intelligente, il piú coraggioso, il piú forte...

Il gusto amaro di quei pensieri era fin troppo familiare, una sequela agra di ciò che sarebbe potuto essere che eruttava inaspettatamente dagli abissi della sua mente. C'erano giorni in cui sapeva, in cuor suo, che non era vero... mentre in altri – giorni piú bui, piú freddi – quella certezza svaniva.

Pensò a Smokey, cosí preoccupato per Nina. E loro, lí, pronti a gettarsi nelle braccia dell'Uomo Nero pur di salvarla... Perché non aveva fatto cosí anche *lui*? Perché non era stato anche lui un fratello del genere? Perché era *scappato* e basta?

Questo e altro si fece strada nei suoi pensieri, facendogli torcere le budella con la forza della paura, della rabbia, della colpa e dell'amarezza... Stava tornando sulla scena del crimine, e ogni ricordo riacquistava vita.

Aveva le mani sudate e il cuore pesante, e quasi ogni particella del suo corpo gli gridava di girare sui tacchi... quasi ogni particella del suo corpo, tranne quella che sapeva quante cicatrici e quanto dolore gli avevano lasciato quei cinque anni; una parte dura come il diamante che gli sussurrava che era meglio morire piuttosto che lasciare che accadesse di nuovo a qualcun altro.

Ma mentre percorrevano a passo sostenuto le strade di Redford – senza correre, però, perché altrimenti sarebbe stato come ammettere la possibilità che ci fosse un vero problema – Bryan ebbe voglia di ridere di sé. Pensare in maniera cosí drammatica che avrebbe piuttosto preferito morire... be', la verità la conosceva, no? Se fosse stato vero, lui si sarebbe voltato e avrebbe affrontato l'Uomo Nero molto tempo prima, anziché scappare e aggrapparsi disperatamente a quella triste e patetica larva di vita che gli rimaneva.

Il peso di una tale consapevolezza lo sovrastava completamente. Qui, lui era l'anello debole della catena. Era stato Smokey a dare voce a quanto aveva visto; era stato Jake a continuare le indagini su quanto stava accadendo... *Lui*, invece, a parte scappare, cosa aveva fatto? Lui non poteva farcela. Peggio ancora, sapeva che se avesse parlato e detto ai suoi compagni che avrebbe potuto tirarsi indietro in qualsiasi momento, loro non gli avrebbero creduto. Si fidavano di lui e non capivano che si sbagliavano; non capivano che era un codardo che avrebbe mollato scappando via, abbandonandoli proprio come aveva fatto con Adam...

Ma erano già arrivati al cancello del parco e non c'era piú tempo per dire niente.

Bryan aveva varcato quel cancello due giorni prima, ma era stato accecato dai ricordi e dalla paura che Jake potesse morirgli dissanguato davanti agli occhi. Adesso, per la prima volta, si guardò intorno e vide veramente ciò che lo circondava. E il sangue gli si ghiacciò nelle vene.

Il cancello in ferro battuto era esattamente come lo ricordava: alto, nero, imponente.

— Il cancello è chiuso — osservò Jake a bassa voce, sotto la quale Bryan immaginò di aver udito un'altra voce, una specie di eco; la sua voce di quando aveva otto anni. "Il cancello è chiuso, Adam. Perché è chiuso?" Il cancello del parco era sempre stato aperto, tutti giorni da che aveva memoria... tranne quel giorno.

— È chiuso, ma non ci impedirà di entrare — disse Bryan, anche lui sottovoce. Si avvicinò e toccò leggermente il battente di sinistra, che si aprí senza fare rumore, come se il metallo non pesasse niente.

— Punto di non ritorno — sussurrò Jake, ma nessuno di loro parlò per ordinargli di non fare lo stupido. Esitarono tutti e tre, consci del fatto che una volta varcato quel cancello, il dado era tratto. In un modo o nell'altro sarebbero giunti alla fine della storia.

Smokey fu il primo a rompere quel momento di stallo. Con una postura decisa delle spalle cominciò ad avanzare a grandi passi. — Mia sorella è qui da qualche parte — disse con tono deciso e un po' polemico. E gli altri due lo seguirono.

Bryan se l'aspettava, mentre Smokey e Jake sussultarono quando il cancello si richiuse alle loro spalle. Lui fece ciò che non aveva osato fare quando Adam lo guardava sprezzante: lo sbatacchiò con una mano, e non rimase affatto sorpreso nel vedere che, nonostante *fosse* sprovvisto di serratura, il cancello si era chiuso a chiave.

— Be', il dado è tratto — disse Smokey, mentre Jake reagiva con una risata nervosa. — Be', potremo sempre scavalcarlo, al ritorno.

Gli altri annuirono con un sorriso, ma in cuor suo Bryan sapeva che, qualunque cosa fosse successa, non l'avrebbero mai scavalcato. Sarebbero usciti da quel cancello solo se l'Uomo Nero avesse allentato la presa su di loro... in un modo o nell'altro.

Guardarono il parco, deserto in modo inquietante, vuoto come se non fosse una domenica pomeriggio di sole, ma un giorno d'inverno a mezzanotte. Il sole che illuminava i giochi tutti rovinati serviva solo a rendere piú strana la situazione, sottolineando in modo beffardo che quello era un giorno perfetto per dei bambini, che però, in quel momento, non erano lí.

— Dove sono i bambini? — chiese Smokey a fior di labbra.

— Forse sono andati dove vanno sempre gli abitanti di Redford — rispose Jake.

La città diventava improvvisamente deserta quando stava per succedere qualcosa. Ma questa volta la sensazione era diversa, come di qualcosa di piú grande. Le regole erano cambiate, e forse era colpa loro. Si erano intrufolati nei luoghi del potere dell'Uomo Nero, avevano cercato di combatterlo, di apprenderne i segreti. E adesso lui li stava sfidando.

— Ma Nina è andata nel bosco — disse alla fine Smokey. Non era una domanda. Nessuno di loro poteva piú far finta che lí fosse tutto a posto. — Dobbiamo trovarla — disse in tono deciso. — Ma come facciamo...?

Quasi in risposta a quella domanda sospesa, dagli

alberi si levò una voce infantile. Bryan non capiva se si trattasse di una o di molte voci, maschili o femminili, né riusciva a distinguere le parole sebbene la voce squillasse nitida nell'aria immota. Ma non importava, perché quel ritmo altalenante gli era fin troppo familiare. Un canto rituale, una filastrocca da bambini per saltare la corda. Che gli penetrava nel cervello come la lama di un coltello. E, in quell'attimo, si ritrovò come cinque anni prima.

24

— Oh, avanti, Bryan! — diceva Adam con espressione minacciosa al fratello piú piccolo che si era messo a correre per non restare indietro.

— Aspettami! — lo aveva implorato Bryan che, in confronto al fratello aveva le gambe corte; e andare al parco con lui non era come andare a spasso con mamma e papà. Adam, che aveva il compito di badare a lui, preferiva correre avanti, sfrecciare per le strade senza la minima paura del traffico e aspettandosi che Bryan facesse lo stesso.

Adam non aveva mai paura di niente, cosa che Bryan odiava, perché lo costringeva a essere come lui. Fare qualcosa di goffo e imbarazzante davanti agli insegnanti non era un problema. Adam, invece, se ne sarebbe ricordato *per sempre*.

— Dai, sbrighiamoci! Mamma arriva tra poco!

All'età di dieci anni Adam era fin troppo maturo per avere sempre i genitori tra i piedi, a essergli di intralcio. La zona di Redford in cui abitavano era un angolo tranquillo e ai due ragazzini era consentito andare in bicicletta o scendere giú al parco a patto che restassero insieme; ciò nonostante, la loro madre andava spesso a controllarli. Per Bryan non era cosí terribile se pensava a certi genitori che conosceva, mentre per Adam era criminosamente restrittivo della sua libertà.

Anche se non l'avrebbe mai ammesso, uscire da soli faceva sentire Bryan leggermente nervoso. Non perché avesse paura, ma perché era sicuro che Adam avrebbe fatto qualche stupidaggine o qualche follia; e, a quel punto, lui come avrebbe potuto fermarlo? Adesso, mentre rincorreva il fratello giú per la discesa in direzione del parco, lo preoccupò la vista del cancello in ferro battuto che sbarrava loro il passo.

— Il cancello è chiuso, Adam. Perché è chiuso?

Adam fece una faccia come per dire: "Che scemo. Possibile che tu sia cosí stupido?" — Perché qualcuno l'ha chiuso? — Allungò la mano per spingere il battente piú vicino, ma Bryan rimase indietro.

— Non saprei, Adam — disse con apprensione. — E se il parco fosse chiuso?

A quell'osservazione, Adam sogghignò beffardo con tutta la forza dei suoi dieci anni di navigata saggezza. — Nessuno chiude il *parco*, Bry. *Andiamo*. — Spinse i battenti, che si spalancarono con frastuono metallico, e Bryan non poté fare altro che seguirlo.

L'apprensione cominciò a tramutarsi in panico quando vide che il parco era completamente deserto. Non c'erano genitori con bebè, nessun altro bambino, nessun ragazzo che giocava a pallone... Era come se loro fossero le ultime due persone rimaste sulla faccia della terra. Afferrò il fratello per un braccio e disse: — È chiuso, Adam. Te l'avevo detto!

— Invece *no*! — ribatté accigliato Adam, scrollandoselo di dosso. — E anche se fosse, chi se ne importa! Abbiamo tutto il parco per noi. — Compiaciuto quasi in maniera perversa, sorrise e disse: — Andiamo nel bosco.

— Adam, non possiamo! — obiettò Bryan. Non avevano il permesso di andarci da soli. E, comunque, lui non voleva andarci. Odiava il bosco.

La voce di suo fratello si fece piú persuasiva. — Dai, Bry, andiamo nel bosco! — lo pregò. — Dai, sarà fichissimo. Di cosa hai paura, Bryan? Mamma e papà non lo verranno mai a sapere. Possiamo andare e tornare prima che vengano a prenderci. Di cosa hai paura?

Di un sacco di cose, ma nulla che Bryan potesse spiegare al fratello. — Saranno qui da un momento all'altro — insisté.

— Invece no. Abbiamo ancora un *sacco* di tempo — disse atteggiando la bocca a un sorriso beffardo. — Mica sarai un *coniglio*, eh?

A questo, non poteva che dare una sola risposta. — No!

Adam fece un sorriso ancora piú largo. — Be', allora andiamo! — E attaccò a correre come un razzo verso il bosco. Con Bryan dietro. Perché... be', che altro poteva fare?

Era la prima volta che Bryan andava nel bosco senza i genitori e la cosa non gli piaceva granché. Anche con quel bel sole, c'era un che di minaccioso nel modo in cui gli alberi ti si chiudevano addosso, incanalandoti in un'unica direzione, costringendoti ad andare dove volevano loro e non dove volevi tu.

Ma non poteva certo dire ad Adam che gli alberi stavano cospirando contro di loro, altrimenti l'avrebbe preso in giro fino a quando avrebbe compiuto centodue anni. E cosí si limitò a piagnucolare: — Adam, dove stiamo *andando*?

— Te la stai facendo sotto, eh?

— No, è solo che... — Bryan s'interruppe di colpo e raggiunse di corsa il fratello. — Che roba è? — disse con una voce piú squillante di quanto avrebbe voluto e con una punta di panico; ma, per una volta, Adam non ci fece caso.

— È una specie di radura o... Oh, *accidenti*! — Il volto di Adam si illuminò.

Bryan si fece strada accanto a lui e rimase a bocca aperta. Proprio lí, davanti ai loro occhi, in mezzo all'erba alta, c'era una fila di sassi lungo un sentiero tortuoso. Non dovette contarli per sapere quanti erano. Tredici sassi. *Tredici passi alla porta del Diavolo...*

— Oh, accidenti! — ripeté Adam. — È veramente *vero*!

— Andiamo subito via, Adam — disse Bryan. Aveva il cuore in gola e non gliene importava niente di fare la figura del fifone.

Adam però non si lasciò convincere. — Scherzi? — E saltò sul primo sasso. Saltò di nuovo giú e poi di nuovo sopra. Bryan sobbalzò. — Proprio come dicono tutti! *Per primo viene il fuoco, il sangue per secondo...*

— Adam! — gridò. Se lo sentiva. Qualcosa che cresceva, un potere oscuro che cresceva mentre suo fratello giocava spensierato con qualcosa di molto, troppo pericoloso...

Adam scese dal sasso e si voltò sghignazzando. Aveva gli occhi luminosi, quasi brillanti, e Bryan fece involontariamente un passo indietro. — Tu hai *paura* — gli disse Adam ammiccando.

"È ovvio. Non potrei non averne. Anzi, dovremmo averne tutti e due. Non lo senti?"

— No, che non ho paura!

— Allora, ti sfido. Ti sfido a recitare la filastrocca.

A quel punto, Bryan non aveva piú scampo. Non raccogliere una sfida era la *peggiore* di tutte le cose. Adam l'avrebbe detto a tutta la scuola, non aveva dubbi, e per tutta la vita sarebbe stato quello che, pur avendo trovato i Passi del Diavolo, era troppo spaventato per recitare la poesia.

Vivere, per lui, non avrebbe avuto piú senso.

— Lo farò.

— Avanti, allora. — E Adam era rimasto a guardare con quel ghigno sulla faccia, come se niente fosse, come se fosse soltanto uno stupido gioco e non la cosa piú letale del mondo.

Ma Bryan aveva raccolto la sfida e ormai non poteva piú tirarsi indietro.

Prima di avere una crisi di nervi, chiuse gli occhi e fece il primo passo avanti. Colto da capogiro, ebbe la sensazione di non essere piú su un sasso piatto in mezzo all'erba, ma sull'orlo di un precipizio, a mille metri di altezza.

Non voleva pronunciare la rima a voce alta, non voleva evocare quel potere magico, ma le parole gli riecheggiarono lo stesso nella testa. Quel salmodiare interiore teneva lo stesso ritmo della voce beffarda di Adam, che risuonava all'unisono, come se venisse da un paio di metri di distanza, e dal basso, da molto in basso.

Per primo viene il fuoco. Il ritmo del canto si impossessò di lui costringendolo ad andare avanti anche se non voleva. *Il sangue per secondo.* I piedi continuavano a muoversi contro la sua volontà. *Terza è la tempesta... che al quattro annega il mondo.* La voce che salmodiava insieme a quella che c'era nella sua testa non sembrava piú la voce di Adam. Era diventata piú profonda, piú cupa e piú maligna.

Al cinque c'è la rabbia, al sei l'odio abissale. Settima è la paura, ottavo il piú gran male.

Bryan si sentiva paralizzato dalla paura, ma continuava ad avanzare. Teneva gli occhi chiusi e non osava aprirli per paura di quello che si sarebbe trovato davanti.

Arricciò le labbra scoprendo i denti in una smorfia di terrore, eppure non riusciva a fermarsi.

Il nove è la tristezza, e dieci fa il dolore, all'undici la morte...

All'infausto undicesimo passo, lanciò un urlo e spalancò gli occhi. Una scossa di gelido terrore lo aveva destato da quella specie di trance. Cosa stava facendo? Quella non era una semplice sfida. Si trattava di vita o di morte. Cosa poteva mai fargli Adam per cui valesse la pena affrontare l'Uomo Nero?

All'improvviso, con questo pensiero in testa, Bryan perse di nuovo il controllo del corpo. Ma prima che il terribile potere ipnotico di quel canto si impadronisse ancora di lui, con un salto si allontanò dalla pista.

Per un istante si sentí precipitare... E poi si ritrovò in piedi, perché, in fin dei conti, si trattava di sassi alti solo pochi centimetri. O no?

Le ultime parole del canto che riecheggiava furono

spazzate via dalle risa beffarde di Adam. A Bryan non importava piú. In quel luogo percepiva le tenebre, un terribile e pulsante senso del male che cresceva di secondo in secondo. Riempiva l'aria, lo soffocava, fin quasi a impedirgli di respirare, di vedere, di pensare...

Attaccò a correre per mettersi in salvo fra gli alberi. Era la loro ultima possibilità di fuggire. Forse non era troppo tardi; forse, se non avesse portato a termine il rituale, l'Uomo Nero non si sarebbe accorto di loro... Afferrò il fratello per un braccio, convinto che *a quel punto* anche lui avrebbe avuto la stessa sensazione, ma lui si scansò e continuò a ridere.

— Sei *incredibile*! — esclamò compiaciuto. — Che vigliacco! Ti sei tirato indietro per la paura!

— Adam! Per favore! Dobbiamo *andarcene*... — A piccoli scatti, Bryan faceva disperatamente avanti e indietro nello spazio fra gli alberi, consapevole del fatto che, se non fossero scappati subito, sarebbe successo qualcosa di tremendo da un momento all'altro. "Dai, Adam, per favore..."

Ma Adam non lo stava a sentire. Con un sorriso beffardo, saltò all'indietro sul primo sasso. — Adesso ti faccio vedere come accetta una sfida un *vero* uomo, Bry. Seguimi... dai, bamboccio! Vado io per primo. Se viene qualcuno a prenderci, il primo che si porterà via sarò io, giusto? Dai, Bryan! Fece un altro passo all'indietro. — Ma di che diavolo hai paura? — Un passo. — Mica *crederai* veramente a queste stupidaggini? — Altro passo. — Credi che l'Uomo Nero verrà a prendermi?

Bryan, ormai, gli insulti del fratello non li sentiva

nemmeno piú. Voleva solo gridargli che non *capiva*, ma non riusciva a far uscire le parole. Si ritrovò invece a indietreggiare lentamente fra gli alberi, mentre sussurrava forte le parole che non voleva pensare, le parole del potere che chiamavano l'Uomo Nero a raccogliere il suo sacrificio.

Il nove è la tristezza, e dieci fa il dolore. All'undici la morte... poi il dodici, l'amore...

25

Con uno sforzo notevole Bryan scrollò via i ricordi. Non voleva pensarci, adesso; non voleva ripensare a come era rimasto paralizzato dal terrore, incapace di correre dietro al fratello, di agguantarlo, di trascinarlo al sicuro... Non voleva pensare che l'ultima sua immagine fosse quella legata alla frazione di secondo in cui, voltandosi, Adam si era trovato davanti la figura dell'Uomo Nero... mentre lui girava sui tacchi per scappare al sicuro.

Si passò la mano tremante fra i capelli bagnati di sudore, concentrandosi sul parco, costringendosi a tornare al presente. Il ritmo altalenante e sinistro del canto continuava, tramutando ciò che avrebbe dovuto essere uno scenario illuminato dal sole, perfettamente normale, in qualcosa di incommensurabilmente piú cupo e inquietante. Guardò i suoi compagni e si accorse che lo stavano fissando.

— Bryan? — chiese Jake, sottovoce.

— Forza, facciamolo! — rispose con un rapido cenno di assenso.

Tutti e tre insieme si incamminarono verso gli alberi. Bryan immaginò di sentire il mondo dilatarsi e gonfiarsi fino a far diventare enorme il bosco che incombeva su di loro, mentre tutto quello che stava accanto e dietro di loro si rimpiccioliva fino a sparire.

Eppure quel bosco non sembrava sconosciuto, pareva ancora una parte di Redford, ne aveva ancora l'odore... il tanfo di qualcosa che era morto molto tempo prima ed era stato lasciato lí a marcire.

Ripensò ai bambini dell'orfanotrofio. Erano stati uccisi e seppelliti in segreto, nascosti cosí bene che persino quando si era cominciata a diffondere la leggenda nessuno voleva crederci... Non senza una traccia, però. Qualunque cosa fosse accaduta lí cosí tanto tempo prima, aveva lasciato una macchia nella storia della città, cosí indelebile che continuava a propagarsi anche adesso.

Si inoltrarono nel bosco. Bryan sentiva davanti a sé il ritmo altalenante e sinistro del canto, il ritmo delle parole che conosceva cosí bene, nonostante fossero ancora indistinte.

— Ma tu lo sai dove stiamo andando? — domandò Jake con la voce ridotta a un sussurro. Tutti sentivano l'urgenza di rimanere zitti, ma non si trattava del deferente silenzio che cala sui cimiteri o su qualche antico luogo di potere; si trattava, piuttosto, della quiete carica di tensione e paura legata alla consapevolezza che *lí ci fosse qualcosa.*

— Certo! — rispose Bryan in un tono di assoluta convinzione. Lo sapeva perché gli scorreva nel sangue, ce l'aveva sotto la pelle. Negli ultimi cinque anni aveva tormentato le sue giornate e abitato i suoi incubi, il richiamo a tornare in quel posto. Se fosse diventato sordo e cieco all'improvviso, sarebbe comunque riuscito a ritrovarlo. O sarebbe stato quel posto a trovare lui.

Quando dalle ombre sbucò fuori una sagoma,

Smokey rimase col fiato mozzo. Ma poi si rilassò. — Nina! — Fece per andare verso di lei, ma Bryan lo trattenne strattonandolo indietro.

Nina sollevò lo sguardo su di loro e sorrise con aria innocente. I suoi occhi, però, erano completamente inespressivi, bianchi e vuoti, senza piú un briciolo di umanità. Senza dire una parola, fece loro cenno di seguirla.

— Cosa...? — Smokey rimase paralizzato, intrappolato fra la visione del volto familiare di sua sorella e la vista della natura aliena che quegli occhi vacui tradivano.

— È l'Uomo Nero — sussurrò Bryan. — Adesso è lui che ha in mano la situazione. Vigono le sue regole. Perciò seguiamole.

Jake risucchiò violentemente l'aria nei polmoni, ma non disse nulla.

La bambina, che non era esattamente Nina, fece loro strada in assoluto silenzio. Bryan si rese improvvisamente conto che il canto che aveva udito per tutto il tempo era cessato. Tuttavia la sua assenza era persino peggiore. L'unico rumore era quello dei loro passi e dei loro respiri. *Letteralmente* gli unici rumori: non tirava vento, gli uccelli non cantavano, e nonostante Nina li precedesse sullo stesso sentiero, i suoi passi erano silenziosi.

Non fu dunque un rumore a far girare di scatto Bryan, ma forse un movimento che colse con la coda dell'occhio, o forse solo una sensazione impercettibile. Ombre a misura di bambino si muovevano tra gli alberi su entrambi i lati del sentiero, come se loro quattro marciassero al passo di invisibili padroni di casa. Gli sprazzi di sole che filtravano attraverso il fitto reticolo di rami non sarebbero mai riusciti a produrre quelle ombre.

Al suo fianco Jake respirava a scatti, cosí Bryan capí che anche lui aveva visto le ombre. In base a un tacito accordo, non ebbero bisogno di dirlo a voce alta, ma Jake lo afferrò per il polso. Smokey, che si trovava all'altro lato, fece esattamente la stessa cosa: quasi lo prese per mano senza però far sembrare che fosse proprio cosí.

La loro guida inumana continuò a condurli attraverso il bosco. Il tragitto sembrava lungo, ma Bryan non si lasciò ingannare. Il percorso poteva essere lungo o corto a piacimento dell'Uomo Nero.

Tutta quell'attesa, tutto quel cerimoniale servivano solo a far sí che il rivolo di gelida paura gli si gonfiasse nel petto. Lo *sapeva*, lo capiva, ma l'effetto era sempre lo stesso. L'Uomo Nero poteva anche provare a spaventarlo, ma questo non voleva dire che la paura fosse ingiustificata.

"Sono pazzo... siamo tutti pazzi. Che stiamo facendo?" Come gli era venuta la folle idea di andare nel bosco ed entrare in azione? Qualunque fosse stata la loro azione. Perché non è che adesso avessero le idee piú chiare su come sconfiggere l'Uomo Nero di quando si erano imbarcati in questa impresa. Ma ormai non c'era piú tempo per pensare.

Il bosco cominciò a sembrargli familiare; tanto familiare che Bryan non capiva se si trovasse ancora nel presente o imprigionato nei dettagli del giorno che gli era rimasto impresso nella memoria per sempre. C'erano le radici nodose in cui era inciampato;

c'era l'albero con il tronco deformato che sembrava chinarsi a guardarlo... Ed ecco, *ecco*... la radura.

Se non avesse avuto Jake e Smokey al suo fianco, si sarebbe fermato all'istante, andando a sbattere in pieno contro il peso di cinque anni di incubi. Non solo gli sembrava che fosse come quella volta: *era* come quella volta. Pareva che il mondo si fosse messo a girare vorticosamente senza controllo, che tutto ciò che lui aveva visto, fatto e provato negli ultimi cinque anni si stesse dissolvendo in nient'altro che un sogno febbrile. E in quel momento, stringendogli ancora piú forte il braccio, Jake sussurrò:

— Bryan?

E l'attimo passò.

Facendo un debole e profondo respiro, Bryan avanzò. La loro silenziosa guida si fermò, e Jake e Smokey gli lasciarono il braccio dell'amico, come se capissero istintivamente di essere arrivati a un punto che solo lui poteva attraversare.

Ed eccola lí, quella semplice, piccola pista serpeggiante di sassi, di lapidi che segnavano le tombe dei bambini di cui nessuno ricordava piú i nomi. Tredici passi, solo piccoli saltelli, come quando si gioca a campana. Non bisognava impegnarsi granché per passare da un sasso all'altro... Eppure, bisognava impegnarsi con tutte le proprie forze.

I Passi del Diavolo.

Bryan chiuse gli occhi per un lungo momento. Le immagini, i ricordi gli turbinavano nel buio sotto le palpebre. Respirò, lentamente, finché non rimase altro che il buio; quindi riaprí gli occhi.

Sembrava che il mondo fosse diventato piú piccolo. O forse era lui che vedeva solo ciò che gli stava davanti. Avvertiva la presenza di Smokey, di Jake e della silenziosa Nina, ma solo in lontananza, come fossero gli spettatori in un campo da calcio: lui solo a centrocampo, loro sugli spalti. Toccava a lui dare il calcio di inizio.

Fece un passo avanti.

26

L'universo intorno a lui si deformò e cambiò. Tutto a un tratto, la quiete della radura si infranse trasformandosi via via in un passaggio da incubo, arido e nero, pieno di alberi in fiamme. Il calore era cosí forte che la sua pelle cominciò a coprirsi di vesciche; aveva l'impressione di sciogliersi... Lanciò un urlo, improvvisamente convinto che lo stessero portando all'inferno.

"È finita, sei morto, totalmente spacciato, e immagino che sia proprio questo ciò che succede ai ragazzini che lasciano morire il fratello..."

E poi pensò: "Per primo viene il fuoco." Quello non era l'inferno. L'inferno si trovava in fondo alla fila di sassi. Quello era solo il primo passo.

E avanzò.

La radura riprese di colpo le sembianze di sempre e Bryan emise un fugace sospiro di sollievo. Lui era lí, stava bene e non si stava tirando indietro. La prima prova l'aveva superata.

Ma non era illeso. Aveva un tremendo prurito su tutta la pelle per via del forte calore che l'aveva investito e, pur sapendo di non doverlo fare, aveva cercato un temporaneo sollievo grattandosi le braccia.

La pelle era strana, cedevole sotto i polpastrelli. Si guardò le braccia e lanciò un grido di terrore. Dalle parti che si erano annerite e screpolate usciva a fiotti sangue... sangue nero e denso. Il sangue del cuore. Rimase immobile, in una sorta di stato ipnotico, a osservare la vita che gli veniva pompata fuori dalle arterie delle braccia devastate. Questione di pochi minuti e sarebbe morto...

Per primo viene il fuoco, il sangue per secondo. Il sangue per secondo. "Non è reale. È *reale."*

Pur rendendosi conto che quella era la seconda fase della prova, fu come se la sua mente non lo registrasse. Le cose che faceva l'Uomo Nero... erano reali oppure no? Lui non lo sapeva, e non aveva importanza, perché potevano uccidere. E come poteva muoversi mentre era lí impalato a guardare se stesso morire dissanguato, mentre veniva prosciugato di ogni energia e dell'ultima traccia di forza vitale...?

"No!" Non era sicuro che quel grido di sfida fosse risuonato solo nella sua testa, ma gli squillò nelle orecchie ugualmente. Si morse con violenza il labbro inferiore, cercando di scuotersi da quel travolgente stato di torpore. Sangue per sangue, non era cosí che funzionava? Mentre un sottile rivolo rosso gli colava lungo il mento, riprese improvvisamente a muoversi.

Fece un altro passo.

Terza è la tempesta.

Era nuovamente tornato padrone delle proprie braccia; la pelle, pulita e sana, era arrossata come se fosse stata esposta al sole... o forse dipendeva solo dal fatto che si era grattato. Tutt'a un tratto il mondo divenne buio e cominciarono a cadere grosse gocce di pioggia. I capelli gli si incollarono sulla testa e i vestiti si appesantirono impregnandosi dell'acqua che scrosciava dal cielo. Pioveva così forte da far *male*, come quando ci si tuffa nel modo sbagliato e si dà una spanciata sull'acqua.

Bryan avanzò e il mondo esplose in uno schianto abbagliante. Per capire dov'era caduto il fulmine non bisognava basarsi sull'intervallo intercorso fra lampo e tuono? Ma non ci fu nessun intervallo, quindi il fulmine doveva averlo sfiorato. Man mano che le chiazze viola che gli avevano offuscato la vista cominciavano a svanire, vide che i sassi davanti a lui erano completamente spariti, disintegrati dalla potenza della saetta. L'aria umida crepitava di elettricità statica e tutt'intorno c'era odore di rotaie.

Il sentiero era distrutto, e lui non poteva andare avanti; se fosse rimasto fermo lì ancora un secondo avrebbe potuto fare da parafulmine. Doveva immediatamente...

"Tornare indietro?" No. No, non poteva. Avrebbe vanificato ogni cosa. Eppure, i passi erano stati distrutti...

Ma com'era possibile? I passi erano parte integrante dell'Uomo Nero, parte del suo potere, la via per arrivare al suo centro. Non potevano essere distrutti finché non era distrutto anche lui. O no?

Agendo d'impulso, Bryan chiuse gli occhi. Anche se il cervello continuava ad avvertirlo che sarebbe caduto, lui avanzò. Barcollò e quasi cadde... Ma poi si ritrovò sul sasso successivo.

Per primo viene il fuoco, il sangue per secondo, terza è la tempesta, che al quattro annega il mondo...

"Ehi, posso farcela." La soluzione era semplice;

perché non ci aveva pensato prima? Doveva soltanto tenere gli occhi chiusi e ignorare tutto quello che i sensi cercavano di dirgli...

Bryan lanciò un grido di terrore quando all'improvviso gli mancò la terra sotto i piedi e le sue ginocchia urtarono con violenza contro la roccia. Cercò disperatamente di aggrapparsi al sasso scivoloso mentre l'acqua cominciava a salire tutt'intorno, nera come la notte e puzzolente come se sgorgasse da una fogna piena di cose morte. Il tanfo era soffocante, e lui lottava per tenere la testa fuori dall'acqua che continuava a salire e cercava di staccarlo dal sasso cui si teneva aggrappato con tutte le sue forze.

L'acqua cominciava a coprirgli la testa... Il solo pensiero di trovarsi la *bocca* piena di quella roba, di inghiottirla...

Si azzardò a lasciare la pietra con una mano per tapparsi il naso, ma per poco non finí sott'acqua. Con un grido soffocato di disgusto, si immerse e cercò di raggiungere la roccia piú vicina. La trovò, ma a quel punto l'acqua era sparita. Si raddrizzò, sputacchiando e tossendo, asciutto ma con il tremendo tanfo ancora attaccato addosso. *Al cinque c'è la rabbia...*

Non era giusto. Cosa aveva fatto per meritarsi questo? Perché doveva ritrovarsi improvvisamente tutto sulle *sue* spalle?

Erano decenni che sparivano bambini e d'un tratto qualcuno doveva assumersi la responsabilità di fare qualcosa. Ma perché doveva essere proprio lui? Chi aveva estratto a sorte il nome di Bryan Holden da quella lotteria? Adesso ci avrebbe rimesso la pelle... Per i suoi genitori non era abbastanza avere già perso un figlio?

Ma perché darsi pena per loro? Di lui, a loro non importava niente. A nessuno importava cosa gli succedeva, quindi perché preoccuparsi per gli altri?

Per un istante ripensò alla disperazione di Smokey per Nina, ma solo per un istante. Perché mai Smokey doveva avere qualcuno che arrivava in picchiata a salvargli la sorella? Nessuno l'aveva fatto per lui quando si era trattato di Adam. Aveva passato cinque anni d'inferno, e adesso perché doveva essere lui a fare in modo che gli altri non soffrissero?

Volevano che ora lui prendesse posizione? Be', la stava prendendo. Stava prendendo posizione contro l'universo e contro ogni ingiustizia che l'aveva fatto arrivare fino a quel punto. Se ne stava andando. Stava...

Correndo via.

"Sei *incredibile*! Che *vigliacco*! Ti sei tirato indietro per la paura!"

La voce di Adam gli riecheggiò nella testa e di colpo gli divampò dentro la fiamma ardente della rabbia. Se lo meritava, tutto questo? Se lo meritava eccome! Nulla di tutto questo sarebbe accaduto se non si fosse comportato da vigliacco. Se non si fosse tirato indietro davanti agli ultimi due passi, costringendo Adam a prendere il suo posto verso quella triste sorte. Era *tutta* colpa sua. Tutta.

Quel moto d'ira nei confronti della propria inettitudine lo travolse e, sopraffatto, avanzò di un altro passo.

Al sei l'odio abissale.

La fiamma dell'odio per se stesso ardeva, bruciando cinque anni di colpa e disgusto di sé. Cosa ci faceva lí? Credeva forse di essere una specie di eroe? Non era altro che un vigliacco; ecco la verità. Ecco cos'era veramente.

Era lo stesso bambino di cinque anni prima; quello che, pur conoscendone il significato, aveva lasciato che fosse Adam a seguire i passi, facendosi da parte. Il bambino che aveva girato sui tacchi ed era corso via, senza neppure *aspettare* per vedere cosa succedeva al fratello, senza neppure *provare* a salvarlo dalle grinfie dell'Uomo Nero.

Il bambino che, pur vedendo cosa stava succedendo ai suoi genitori, non aveva mai detto una parola. Il bambino che, pur sapendo che altri bambini continuavano a sparire, non aveva mai alzato un dito per mettere fine a quella storia. Il bambino che non aveva mai pensato di lottare contro l'Uomo Nero finché Smokey e Jake non gli avevano detto di farlo.

Il bambino che era ancora il fratellino di Adam Holden e che aveva ancora un compito da portare a termine.

Avanzò di un altro passo.

27

Al cinque c'è la rabbia, al sei l'odio abissale... Fece il settimo passo e fu a metà strada. A metà strada per incontrare l'Uomo Nero sul suo terreno. *Settima è la paura...*

"Sono già mezzo morto."

Non voleva morire! Non voleva muoversi. Non voleva arrivare alla fine del percorso.

Era meglio restare fermo, immobile, a metà. Incapace di tornare indietro, timoroso di andare avanti... Dal giorno della scomparsa di Adam era rimasto fermo, paralizzato. Intrappolato fuori dal tempo in un mondo in cui nessuno di loro sembrava piú vivere.

Non avrebbe dovuto capire che sarebbe stato meglio morire piuttosto che vivere cosí? E invece no. Forse gli restava soltanto un filo sottilissimo e amaro della vita che un tempo aveva amato, ma ci si teneva ferocemente aggrappato con tutte e due le mani. Aveva paura di mollare.

Paura di mollare, ma anche di afferrare l'occasione di qualcosa di migliore. Se voleva scappare, doveva assolutamente mollare la presa. Anche se questo significava paura di cadere.

Fece un altro passo avanti.

Ottavo il piú gran male.

Di colpo si fece buio, e Bryan ebbe seriamente paura di essere diventato cieco. Gli alberi cominciarono a stringersi intorno a lui, facendolo sentire in trappola, lí nel buio, tutto solo...

"Sei ancora nel bosco."

Era ancora nel bosco? In un certo senso, forse, ma adesso si trovava nel territorio dell'Uomo Nero. Forse tutto ciò che stava incontrando stava solo dentro la sua testa... Ma questo non voleva dire che non fosse reale.

Protese le mani e incontrò dei muri di mattoni. E all'improvviso capí dove si trovava: sottoterra, negli scantinati dell'orfanotrofio, con l'aria che cominciava a mancare e le pareti che gli si chiudevano addosso, nessun angolo verso cui scappare o andarsi a nascondere...

Sollevò lo sguardo, ma non c'era neppure un raggio di sole a stemperare le tenebre. Le tavole che avevano rotto per entrare erano state sostituite; o forse non erano mai state rotte. Questa era la stanza sotterranea di un altro tempo e un altro luogo, in attesa che qualcuno venisse a prenderti.

Sentí un respiro affannoso, ma non era certo che fosse il suo. Era solo, laggiú al buio? Aveva paura di allungare le mani e scoprirlo.

Era questo il passo successivo? Ma come poteva avanzare? Era intrappolato, non poteva muoversi, e c'era *qualcosa* che stava arrivando...

Poco importava se quel qualcosa aveva un nome, o una forma, perché al buio là sotto non faceva nessuna differenza; al buio là sotto era solo qualcosa di malvagio, senza volto e senza lineamenti, che veniva a prenderti. Erano tutte le tue paure che prendevano forma.

L'Uomo Nero.

Si udí un cigolio di cardini e la botola si aprí, senza lasciar passare luce ma solo aria fetida. L'istinto gli diceva di farsi piccolo piccolo, di nascondersi... però non poteva andare da nessuna parte. Poteva solo aspettare, raggomitolato nella paura, in attesa che l'Uomo Nero venisse a prenderlo.

No, non era vero. C'era un'altra possibilità: poteva risalire in *superficie* prima che fosse lui a scendere; poteva affrontare l'Uomo Nero alle sue condizioni.

Bastava acquattarsi. Erano cinque anni che aspettava che l'Uomo Nero se lo venisse a prendere; era ora di smetterla di nascondersi nel buio. Si fece avanti, allungò le mani verso i pioli invisibili della scala che sapeva trovarsi lí. E si issò...

... Di nuovo fuori, nella luce.

Al cinque c'è la rabbia, al sei l'odio abissale. Settima è la paura, ottavo il piú gran male. Il nove è la tristezza...

La luce del giorno era cosí abbacinante da fargli bruciare e lacrimare gli occhi. E le lacrime cominciarono a scendere copiose, un inarrestabile fiume in piena.

Quand'era stata l'ultima volta che aveva pianto davvero? Bryan rimase sconvolto nell'accorgersi che non se lo ricordava. Per la perdita di Adam non aveva versato una sola lacrima. Suo fratello era stato strappato a questo mondo cosí in fretta e per sempre che, in tutto il caos che ne era seguito, non c'era stato spazio per il dolore. E in seguito... be' come faceva a piangere, dopo, se non l'aveva mai fatto prima?

Adam non aveva avuto neppure un funerale. I funerali si facevano a chi moriva, non a chi *spariva*.

Bryan avrà anche avuto la certezza che suo fratello non sarebbe mai piú tornato, ma i suoi genitori no. E forse era proprio questo che li consumava piú di quanto consumasse lui. Non avere un funerale significava non avere una fine; e senza una fine, tutto andava avanti in eterno, senza mai mutare, senza mai migliorare.

Adesso piangeva, ma non provava alcun sollievo; solo dolore, che riaffiorava da un pozzo senza fine, dentro di lui. Dolore per Adam. Dolore per i suoi genitori. Dolore per gli altri...

Tutti gli altri.

Improvvisamente, attraverso il velo di lacrime, sollevò lo sguardo e vide che la radura era deserta. Era solo.

"No, idiota, non sei solo. Ci sono loro. Non li vedi, ma sai che ci sono." Jake e Smokey, che lo aspettavano, che si fidavano di lui. Posseduta dall'Uomo Nero, Nina aspettava solo lui per seguire il sentiero... e, in un modo o nell'altro, spezzare l'incantesimo.

"Per amor del cielo, non startene lí impalato a piangere!"

E fece un altro passo.

E dieci fa il dolore.

I singhiozzi convulsi si placarono e divennero respiri palpitanti e minacciosi, che sembrava volessero sventrarlo. Il cuore cominciò a battergli fortissimo nella gabbia toracica, tanto da fargli temere che potesse esplodere.

"O Dio mio, mi sta venendo un infarto!"

Bryan crollò sulle ginocchia e si strinse il petto, sebbene il dolore fosse ormai fuori controllo. Voleva strisciare via dai sassi, saltar giú e arrendersi... fare qualunque cosa pur di finirla.

Finché non pensò: "Che dolore è, questo dolore?" Era un dolore solo fisico: era il suo corpo a essere sotto tortura, non la sua mente, né i sentimenti o il cuore stesso del suo essere. Non era forse abituato a vivere nel dolore? Quindi doveva essere piú che in grado di sopportare anche questo.

Pensare non era la stessa cosa che agire, ma in quel luogo di sfide la forza di volontà era tutto. Si costrinse a rialzarsi in piedi, attraversando una barriera di dolore cosí tangibile da sembrare un muro.

Che subito svaní.

Rimase per un istante immobile, con il respiro pesante. Il mondo era ancora immobile e silenzioso in maniera sinistra. Dove si celava la prossima sfida? Sapeva di non aver ancora completato i tredici passi. Per un istante corse il rischio di chiudere gli occhi e di contare mentalmente.

Per primo viene il fuoco, il sangue per secondo
terza è la tempesta, che al quattro annega il mondo.
Al cinque c'è la rabbia, al sei l'odio abissale.
Settima è la paura, ottavo il piú gran male.
Il nove è la tristezza, e dieci fa il dolore,
all'undici la morte...

Spalancò gli occhi. L'undicesimo passo. Quello della morte. Il suo sasso, quello sul quale cinque anni prima aveva perso il controllo, fuggendo. "Mi assumo io la responsabilità." Solo che...

Nulla. Nessun dolore senza causa, nessuna vera e

pericolosa illusione. Nessuna forza esterna che si impadronisse delle sue emozioni rivoltandogliele contro. Nulla. Nulla che lo trattenesse dall'avanzare, dal passare al sasso seguente.

Bryan cominciò a muoversi... E lanciò un grido.

Davanti a lui, il cadavere di Adam lo fissava inespressivo. Era come quell'incubo nella stanza all'ultimo piano della casa di King's Hill, ma un milione di volte piú brutto. Lí si era trattato di una scena dell'orrore indistinta, appena percettibile, qui si trattava di... di Adam. Piú vivido di ogni ricordo, di ogni sogno a occhi aperti, piú preciso e dettagliato di una fotografia.

Dopo un primo istante di shock assoluto, Bryan rimase colpito dalla quiete della scena. La figura immobile del fratello sembrava completamente in pace; se non fosse stato per gli occhi aperti, si poteva pensare che dormisse.

Bryan non sapeva da quanto tempo fosse lí. Da una minuscola frazione di secondo? Da qualche milione di anni? Cos'era il tempo in un mondo in cui nulla si muoveva e nessuno era vivo?

"Io sono vivo" si disse. Ma sembrava non avere importanza, sembrava non avere senso. Era come caduto in uno stato di magnifico letargo, come fosse ai margini di quella sensazione che si prova la domenica mattina quando si è a letto, con la stanza inondata dal sole, consapevoli di potersi riaddormentare da un momento all'altro.

"Per me non esistono piú mattine cosí. Quand'è stata l'ultima volta che ho vissuto una mattina cosí?"

Era difficile resistere al fascino di quella pace sconosciuta. Perché non lasciarsi sprofondare in quel torpore, in quell'autentico riposo, per la prima volta dopo tutti quegli anni?

Be', cosa c'era di male? Perché era cosí terribile arrendersi e...

"Non sarai mica un *vigliacco*, vero?"

"Adesso ti faccio vedere come accetta una sfida un vero uomo, Bry. Seguimi... dai, bamboccio! Vado io per primo."

Con un tremolio di ciglia, Bryan riaprí gli occhi e solo allora si rese conto che li aveva chiusi. Vide il mondo che lo circondava, lo vide chiaramente, e non attraverso la foschia ipnotica sotto la quale si era lasciato trasportare. E vide Adam.

Cosa importava se aveva quell'aria cosí tranquilla? Non era veramente Adam, ma il guscio che si era lasciato alle spalle. Suo fratello non c'era piú. Suo fratello era morto. Aveva solo dieci anni ed era morto. Una vera ingiustizia.

Lui doveva andare avanti, e questo significava passare sul corpo di Adam. Chiuse gli occhi... e li riaprí. Non era uno spettacolo da escludere, da ignorare, facendo finta che non esistesse. Era molto di piú. Molto piú grande del suo debito nei confronti di Adam. Per proseguire nella sua strada avrebbe dovuto oltrepassare il cadavere di suo fratello, ma non doveva farlo a cuor leggero.

— Mi dispiace, Adam — disse sottovoce, chinando la testa. Dopodiché si diresse verso il corpo del fratello e lo scavalcò.

In quel momento il cadavere di Adam si mosse e gli afferrò una gamba.

28

Bryan gridò e il suo grido infranse ogni residuo di pace rimasta in quella scena. Mentre suo fratello si tirava su a sedere, lui indietreggiò lentamente. Adam si stirò, come un gatto, e ridacchiò. — Ehi, ti ho fregato, eh, Bry? — Rise. — Ti ho fregato per bene.

Con gli occhi sgranati per la paura, Bryan si allontanò istintivamente dal fratello. — A-Adam? — balbettò.

— B-Bryan? — ribatté Adam, prendendolo in giro. — Ehi, come vanno le cose? — E si avvicinò al fratello, ridendo per il modo in cui Bryan si era affrettato a scostarsi da lui. — Ehi, rilassati. Non ti mordo mica!

— Tu sei morto! — esclamò Bryan.

— Lo so! — gridò Adam in risposta, con il volto deformato dalla furia che secondo Bryan non era mai svanita, l'ira funesta per il terribile destino cui era stato abbandonato. — Mi hai ucciso tu!

— Io... Io... — Bryan non sapeva cosa dire. Cosa avrebbe dovuto dire? Non poteva mica uscirsene con un "No, non è vero!" Perché *era* vero. Aveva lasciato morire suo fratello, ed era tutta colpa sua.

— Mi hai lasciato *morire*, Bryan! — gli gridò Adam. — Sapevi che stava venendo a prendermi e sei *scappato*. Come hai potuto farmi una cosa del genere?

— Non sono stato io! — gridò Bryan. — E *non* è stata colpa mia!

— Tu sapevi che sarebbe successo! Hai forse cercato di impedirlo? Hai forse cercato di aiutarmi? No! Hai preso e sei *scappato*. Sei scappato lasciandomi solo!

— Te l'avevo detto. Ti avevo avvertito!

— Era una semplice *filastrocca per saltare la corda*, Bryan! Era una stupida rima per *saltare la corda*! Come facevo a sapere che era tutto vero?

— E allora io? — sbottò Bryan, sulla difensiva.

— Tu lo *sapevi* — disse seccamente Adam, tendendogli supplichevole le mani. — Tu lo sapevi, Bryan. Te lo sentivi. Ma non hai detto niente. — Il tono della sua voce era cambiato, e Bryan sentí la propria rabbia fluire via, lasciandogli una sensazione di vuoto.

— Tanto non mi avresti creduto — gli disse implorante. Ma cosa implorava? Il perdono, la comprensione? Non lo sapeva. — Avresti riso di me.

— Avrei *riso*? — sbottò Adam, emettendo un ghigno cupo e amaro. — Non mi hai salvato la vita perché *io avrei riso* di te?

Bryan chiuse gli occhi. — Non mi avresti creduto — ripeté conciliante con tutta la convinzione che gli rimaneva in corpo.

Quando riaprí gli occhi, Adam aveva lo sguardo levato su di lui - levato, perché adesso il piú alto era Bryan - e scuoteva mestamente la testa. — Cosa... — e si allontanò, scansandosi i biondi capelli spettinati con un gesto dolorosamente familiare — cosa vuoi che ti dica, Bryan? Cosa dovrei dirti, secondo te?

— Io... — Bryan abbassò lo sguardo. — Non lo so. — Si strinse nelle spalle e liberò una risata sorda, accorata. — Giuro su Dio, non lo so.

Adam sospirò. — Perché sei venuto qui, Bryan? — gli chiese adesso con un tono rassegnato e non piú arrabbiato, cosa che lo ferí ancora di piú.

— Per... — La voce di Bryan si affievolí. Una volta la risposta l'avrebbe avuta. Per ragioni precise, per uno scopo, per qualcosa di cui era sicuro. Guardando in faccia il fratello per la prima volta dopo cinque anni, tutte quelle ragioni non c'erano piú.

— Non lo sai. — Adam abbozzò un sorrisetto cinico e divertito, poi si sedette.

— E perché *tu* sei qui? — domandò Bryan senza volerlo.

Adam allargò le braccia. — Non ho altri posti dove andare, Bry.

— Ma tu sei... sei morto. Non ci sei piú. Trapassato.

— Non trapasso da nessuna parte, bello mio. Me ne sto conficcato qui.

— Conficcato qui... — Bryan serrò la mascella. — L'Uomo Nero. — Non appena gli tornò in mente ciò che l'aveva indotto a tornare nel bosco, riaffiorò anche la sua determinazione.

— Lui... e te — gli disse piano Adam.

— Io? Adam, io non... Io...

— Non sono morto per davvero, Bry — gli disse suo fratello. — Tu lo sai. L'Uomo Nero non ha alcun potere, almeno finché qualcuno non glielo dà. Lui trasforma le cose in quello in cui uno crede. E tu non credi che io sia morto per davvero.

— Lo *so* che sei morto — obiettò Bryan. Certo che lo sapeva. Lo sapeva da ogni respiro, da ogni incubo, da ogni secondo di memoria. Da ogni passo che non poteva fare senza che gli riecheggiasse in testa la filastrocca dell'Uomo Nero.

— Lo sai — disse Adam sorridendo e stringendosi nelle spalle — ma non ci credi.

— Ci credo — ribatté lentamente.

— Però te ne stai seduto qui a parlare con me.

— Tu non sei... non sei...

— Non sono cosa? Reale? — chiese dolcemente Adam. — Dopo tutto quello che è successo, tu credi ancora nel reale e nel non reale? Avresti dovuto farti piú furbo.

Bryan corrugò la fronte. — Cosa... cosa intendi dire?

— Cosa è reale, Bry? — gli domandò Adam. — Io? Tu? L'Uomo Nero? Questa radura? Niente di tutto questo?

— Io sono reale — disse Bryan, l'unico di quell'elenco di cui potesse averne la certezza.

— Vuoi dire che *credi* di essere reale.

— E non basta?

Adam sbuffò. — Okay, diciamo pure che sei reale. E tutto il resto? — Si sporse in avanti. — Me lo sai dire, tu, cosa è reale, Bryan?

Bryan vide il proprio volto riflesso negli occhi del fratello. I due erano l'uno l'eco dell'altro, persino piú uguali di cinque anni prima. Si domandò se i suoi genitori avessero mai notato quella somiglianza. Si domandò se questo impedisse loro di cancellare il dolore.

Bryan chiuse gli occhi per un istante, sentendo il bisogno impellente di chiudere tutto fuori per un momento. — Io sono reale — ripeté con maggiore fermezza. Riaprí gli occhi. — E questo è reale. — Si alzò in piedi e gettò un'occhiata intorno alla radura. — Forse non quello che vediamo, ma... tutto. Tutto ciò che è successo è reale. Tu eri qui, poi te ne sei andato, e forse è un po' colpa mia, o forse no, ma tu te ne *sei* andato. E non tornerai mai piú.

Adam si alzò anche lui e sorrise di nuovo. — Quindi questa sarebbe la realtà, giusto? Sembrerebbe un posto divertente per viverci.

— Un sacco di risate — ribatté amaramente Bryan.

— Allora fa' che sia diverso.

— Non posso — rispose bruscamente, aggrottando la fronte.

— Invece sí. — Adam gli tese la mano con il palmo all'insú. — Questa è la casa dell'Uomo Nero, Bryan. È lui che decide cosa è reale, e ora io faccio parte del suo mondo. Se lo uccidi, ucciderai per sempre anche me.

Bryan scosse la testa in un gesto netto di rifiuto. — Tu sei già morto.

— Non devo mica esserlo per forza. Lui piega la realtà, ma sei *tu* a darle forma. Puoi renderla diversa. Lui fa sí che il mondo distolga gli occhi da Redford. Credi che non possa fare lo stesso per te e me?

La sua mano era ancora tesa, ferma. Bryan lo guardò, silenzioso, immobile.

— Prendi la mia mano, Bryan. Prendi la mia mano e torna a casa; e sarà come se non fosse successo nulla. Semplicemente, prendi la mia mano.

Bryan lo guardò. E Adam sorrise.

29

Sotto la brillante luce del sole, gli occhi di Adam erano enormi e le labbra, leggermente schiuse, erano atteggiate a un sorriso furbetto; quel genere di sorriso che ti strappava sempre un altro sorriso, sebbene sapessi che stava tramando qualche marachella.

Guardando la mano tesa del fratello, Bryan pensava: "Non potrà essere come se nulla fosse mai successo."

Era veramente cosí facile? Era forse quella la ricompensa per essere andato fin lí ad affrontare l'Uomo Nero?

"Affrontato l'Uomo Nero? Ma quando l'hai fatto? Non hai ancora finito..."

Non aveva bisogno di finire. Era andato lí per pacificare i ricordi del fratello e invece aveva trovato qualcosa di piú grande, qualcosa che non gli sarebbe mai passato per la mente di poter trovare. L'occasione di rimettere indietro le lancette dell'orologio e cambiare quei cinque anni nel modo in cui avrebbero dovuto andare.

Cinque anni senza i sensi di colpa, gli incubi, i soprassalti davanti alle ombre. Cinque anni con dei genitori non piú distanti e smemorati come morti viventi, ma pieni di *premure*. Cinque anni in cui lui e Adam sarebbero cresciuti insieme.

Era una fantasia talmente fragile che per paura di infrangerla non osò neppure immaginarla. Un mondo in cui, entrando nella stanza di Adam, ci si beccava subito un urlo; e non una specie di grottesco museo con ogni cosa riposta negli scatoloni. Un mondo in cui avrebbero buttato via la vecchia bicicletta di Adam nel garage, perché in fin dei conti era solo una bicicletta e l'avrebbero rimpiazzata con una nuova, una da corsa, piú adatta a un quindicenne.

Lui e Adam sarebbero andati nella stessa scuola. Adam due classi avanti e preoccupato per gli esami... a parte il fatto che, come suo solito, non si sarebbe preoccupato affatto. Ci sarebbero stati i compiti, cosí loro due si sarebbero ritrovati allo stesso tavolo alle otto del mattino, a mangiare cereali e risolvere freneticamente i problemi di matematica che non avevano risolto la sera prima. Niente compiti la sera prima, perché Bryan non avrebbe avuto bisogno di farli, di accampare quella scusa per nascondersi in camera sua, non avrebbe dovuto cercare disperatamente qualcosa per scacciare quei pensieri neri.

Lui e Adam avrebbero avuto sempre qualcosa di meglio da fare dei compiti, anche se fossero rimasti bloccati in casa. Forse avrebbero avuto un computer, o gli ultimissimi videogiochi, perché i loro genitori si sarebbero di nuovo premurati di far loro i regali di Natale e di compleanno.

In casa non ci sarebbe stato quel silenzio di tomba; Adam e il silenzio erano decisamente incompatibili. Avrebbe tenuto la musica accesa, un genere di musica roboante e piena di ritmo; forse qualcosa che era in classifica, perché Adam stava al passo con le mode. Anche Bryan avrebbe ascoltato la sua musica, ma non con le cuffie, come faceva adesso per tener fuori il mondo; avrebbe fatto a gara con Adam per vedere chi alzava di piú il volume finché i loro genitori non avessero gridato di abbassarlo.

Al posto del sommesso, timido frusciare contro la porta della sua stanza ci sarebbero state le urla dei genitori perché si sbrigassero a scendere per cena. La tavola sarebbe stata apparecchiata per quattro, e tutti i posti sarebbero stati occupati. Non avrebbero mai mangiato in silenzio, ma ci sarebbe stato un fiume ininterrotto di chiacchiere, battute stupide, grugniti e lamentele per la giornata tremenda che ciascuno di loro aveva avuto.

Solo che non sarebbero mai state delle giornate *veramente* tremende; lui lo sapeva bene cosa significava avere una giornata tremenda, e nel suo mondo insieme ad Adam non ce ne sarebbero mai state.

Soprattutto, col fratello di nuovo accanto, non avrebbe piú vissuto un isolamento cosí completo. Per cinque anni si era trascinato nel mondo come un fantasma, vedendo gente, parlandoci perfino, ma senza toccarla, senza veramente stabilire un legame. C'era altra gente che viveva nel suo mondo, ma Bryan lo attraversava e basta, incapace di trovare un appiglio, un'ancora, o qualsiasi cosa che potesse ridargli nuovamente consistenza. Per tutto quel tempo non si era sentito piú vivo di Adam.

"Non per *tutto* il tempo." Si ricordò, quasi trasalendo, che gli ultimi due giorni erano stati diversi. Aveva fatto amicizia con Smokey e Jake, persone che gli erano affezionate, che vivevano nel suo stesso mondo semireale. C'erano state risate, momenti vivaci, e l'adrenalina si era rimessa in circolo per un preciso obiettivo, qualcosa per cui lottare.

Provò una fitta, ma ricordò a se stesso che non c'era motivo perché *tutto quello* dovesse finire. Non è che il ritorno di Adam li avrebbe fatti scomparire. Smokey e Jake si sarebbero sicuramente ricordati di lui anche nel suo nuovo mondo occupato da Adam, sarebbero stati felici per lui. Se invece non l'avessero ricordato, be', sarebbero ugualmente tornati amici. In un certo senso l'istinto gli diceva che non sarebbe stato difficile, questa volta.

Adam aveva continuato a tenergli gli occhi puntati addosso, con le sopracciglia aggrottate in un'espressione lievemente interrogativa. Bryan si sentí di colpo attanagliare il cuore dal timore che se avesse riflettuto troppo a lungo su quell'offerta, forse l'avrebbe perduta, e sarebbe stata una cosa crudele. Cosí alzò la mano per prendere quella di Adam...

Ma si fermò.

— Cosa c'è? — gli chiese il fratello con un tono piú sorpreso e divertito che irritato.

E Bryan ricordò di colpo.

"Smokey, Jake... Nina. Lucy Swift. Jeanne Wilder." E mille altri nomi che non conosceva e che forse non avrebbe mai conosciuto. Nomi meticolosamente appuntati nel raccoglitore di Jake, pieno di cartine e ritagli di giornale. Nomi apparsi sulle prime pagine dei giornali, fotografie affisse sui pali del telegrafo e sulle porte dei centri commerciali.

Lentamente, ritrasse la mano. — Io... non sono venuto per questo — disse in tono incerto.

— Cosa? — Il volto di Adam si era alterato per la confusione e i primi segni di irritazione. — Che diavolo significa?

Scuotendo la testa, Bryan indietreggiò di qualche passo. — Non è per questo che sono venuto, Adam — disse con la voce velata di sofferenza. — Non si tratta di questo.

— Non si tratta di questo? — Adam aveva cominciato ad alzare la voce. — Si è sempre trattato di questo! Cosa significa che non sei venuto per questo? Sei venuto per me!

— Esatto — convenne Bryan. — Sono venuto per te. — E si allontanò deciso di un altro passo. — Ed è qui che sbagliamo, perché mi hai fatto credere di essere venuto per me stesso.

Adam lo seguí coi suoi occhi grigi, scuri e ardenti. — Tu straparli.

— Forse mi sbaglio, ma credo di avere ragione io. — E continuò a indietreggiare. — Non sono venuto qui per rendere le cose migliori, Adam. Non sono venuto per mettere un cerotto sulle mie ferite e far finta che non sia successo niente. Sono venuto per mettere *fine* a tutta la faccenda.

— Puoi farlo — ribatté Adam in tono serio. — Puoi far tornare le cose com'erano.

— Lo so. Ma non va bene. Bisogna che diventino migliori di come erano.

L'affare proposto dall'Uomo Nero era una vera tentazione... riavere Adam, vivere la sua vita nel modo in cui sarebbe dovuta andare... ma non era abbastanza, o no? Non avrebbe messo fine a quella storia. *Lui* sarebbe tornato a stare bene, ma gli altri? Tutte le altre famiglie che avevano perso un loro caro, tutti gli altri che *avrebbero* perso un loro caro...

Avrebbe potuto riavere Adam. Per riaverlo bastava che

rinunciasse alla battaglia, che girasse sui tacchi e se ne andasse. Solo se avesse lasciato che l'Uomo Nero continuasse come sempre aveva fatto, rubando i bambini di Redford, risucchiando la vita e l'anima di quella città.

Adam assottigliò gli occhi. — Tu non mi rivuoi. È questo che stai dicendo.

— Non *posso* riaverti — disse Bryan. E quelle parole gli facevano ancora piú male, perché erano sincere. — Questo ti sto dicendo.

— Invece *puoi* — incalzò Adam. — Bry, che fai, non mi ascolti?

— Ti ascolto — rispose. — Piú attentamente di quanto non credi. — S'interruppe. — Se muore l'Uomo Nero, muori anche tu. L'hai detto tu.

— Adesso sono nel suo mondo, Bryan — gli ricordò Adam. — Solo tu puoi tirarmi fuori.

— E io posso farlo solo se me ne vado e *lo lascio andare*. È cosí, no? Questo è il prezzo da pagare. Non c'è modo di sbarazzarsi di lui se non... — Esitò di nuovo. — Sbarazzandosi anche di te.

Qualsiasi cosa fosse l'ombra di Adam che incombeva su quel luogo, vera o falsa che fosse, era tutto ciò che restava di lui. Se avesse veramente cancellato l'Uomo Nero, annientando per sempre ogni sua influenza sulla città, anche Adam sarebbe stato annientato. Non poteva liberarsi dell'Uomo Nero senza rinunciare a ciò che restava di suo fratello.

— *Lo lasci andare*? — gli fece eco Adam, incredulo. — Bryan, ma che diavolo credi di fare? Credi di poterlo *battere*?

— Lo sto già facendo — rispose calmo Bryan. — Tredici passi, Adam.

Tredici passi alla porta del Diavolo. Dall'Uomo Nero non si torna, non si torna davvero. Quei versi che gli erano echeggiato nella mente mille, anzi un milione di volte, gli parvero improvvisamente diversi. Ecco cosa aveva fatto per tutto quel tempo: era tornato indietro, si era ritirato nel passato. Rivivendo incessantemente quello stesso pomeriggio di sole. Prigioniero di un circolo vizioso.

Esattamente come erano rimasti imprigionati nei *loro* ultimi momenti i bambini uccisi tanti anni prima, anche lui riviveva quell'incubo addirittura oltre la morte. Si erano portati dietro la città, facendola vivere nel terrore dell'Uomo Nero. Perché non potevano andarsene.

Presto o tardi, qualcuno avrebbe dovuto liberarli.

Guardò Adam. — L'Uomo Nero ci mette tutti davanti alle nostre piú grandi paure. Ebbene, io so qual è la mia. Ho paura di ammettere che è finita. È finita, Adam. È finita: tu sei morto, ed è *troppo tardi*. Poco importa quante volte mi trascinerò di nuovo qui, perché non sarò comunque in grado di salvarti. Ed è giunto il momento di smettere di provarci.

— Ti stai arrendendo? — chiese Adam con tono aspro.

— Vado avanti per la mia strada. — Bryan guardò suo fratello e gli rivolse un triste sorriso. — Mi dispiace, Adam. Piú di quanto immagini. Ma non ti ho ucciso io, e non è colpa mia, e non posso riportarti in vita. Mi dispiace.

Si voltò e fece l'ultimo passo.

30

Fu assalito da una sensazione di velocità, nelle orecchie e nella testa, come se stesse precipitando da chissà quale altitudine; investito da lampi di immagini troppo veloci per capire se fossero reali o soltanto sagome tratteggiate a casaccio dalla sua mente. I ricordi di Adam, i momenti trascorsi con Smokey e Jake, gli incubi sull'Uomo Nero...

D'un tratto fece buio e non riuscí piú a capire se si trovasse in un ampio spazio aperto o intrappolato in un angusto stambugio; l'aria pesante lo opprimeva come se fosse sepolto nella sabbia. Dai cinque sensi non gli arrivava nessuna percezione, eppure sapeva di non essere solo. Avvertiva la presenza, intorno a lui, di tutti quei bambini ammaliati.

Perché *erano* bambini. Bambini mai cresciuti e rimasti indietro, intrappolati nel loro stesso dolore.

— Ascoltatemi — disse Bryan con una voce roca che neppure lui riconobbe come propria. E non era neppure sicuro di parlare a voce alta. — Voi dovete... Tutto questo deve finire. È finita, okay? — Pensando ad Adam, la voce gli si incrinò leggermente. — Sono venuto qui e ho percorso da solo i passi, e... ce l'ho fatta. Ce l'ho fatta a scoprire il segreto. Ma non... non basta. L'Uomo Nero è qui perché siete *voi* a trattenerlo. Cosí come io sto trattenendo Adam. E questa storia non finirà finché non mollerete la presa.

Le sue parole caddero in un vuoto senza fine, come inghiottite, e Bryan non aveva modo di capire se qualcuno o qualcosa lo stesse ascoltando.

— È accaduta una cosa terribile che vi ha inchiodati qui — aggiunse. — Cosí come sta inchiodando *me*. Sono cinque anni che non vado da nessuna parte. Continuo... a rivivere la stessa cosa all'infinito, perché se uno continua a tornarci sopra non avrà mai fine, né sarà mai dimenticata. Ma non si può continuare a riviverla in eterno. Non si può restare in eterno nello stesso luogo. Presto o tardi, *qualcuno* dovrà pur muoversi. — Ancora silenzio.

— Non voglio lasciarmi Adam alle spalle — disse ancora con la voce rotta. — Non *voglio*. Però non posso... — si morse il labbro — non posso fare diversamente. Non posso continuare a tornare al passato. Non è cosí che deve andare. E non so cosa succede quando si muore, non so se si debba andare da qualche parte. Di sicuro non si deve rimanere qui. Finché vi ostinerete a rimanere qui, tutto questo continuerà a *succedere* e nessuno ne uscirà. Io non posso vivere e voi non potete morire, e nessuno andrà da nessuna parte.

Ammutolí, con il respiro pesante. — Presto o tardi dovrete arretrare lungo quel sentiero e andare da qualche parte — concluse.

Bryan fece un passo avanti, come se volesse farsi largo a forza in qualcosa di quasi solido. Di colpo la pressione cessò e lui cadde in avanti immergendosi nella luce brillante del sole.

Delle mani lo sorressero per i gomiti. Mentre

Smokey e Jake lo aiutavano ad alzarsi, lui sentí l'improvvisa urgenza di far entrare aria nei polmoni, come se fino ad allora avesse avuto carenza di ossigeno senza saperlo.

— Cosa è successo? — gli chiese subito Jake.

Cercando di riacquistare l'equilibrio, Bryan lo guardò battendo le palpebre. Aveva ancora gli occhi velati di frammenti di immagini e gli ci volle un po' di tempo per mettere a fuoco la vista in quel pomeriggio di sole. — Cosa avete visto? — domandò.

— Niente! — rispose Jake, assottigliando gli occhi. — Hai semplicemente... camminato sui sassi. Molto lentamente, traballando in continuazione. Credevo che saresti finito lungo disteso.

— C'è mancato poco — ammise sottovoce.

E quando Smokey gli lasciò improvvisamente il braccio per correre dalla sorella, Bryan fece uno scatto in avanti e per poco non cadde faccia a terra.

— Nina! Stai bene? — le chiese Smokey. La bambina si stava come svegliando gradualmente da un sogno.

Per un istante Nina non riuscí a mettere a fuoco, ma poi le si schiarí la vista e, aggrottando la fronte, disse: — Stephen? Che ci fai qui?

La preoccupazione di Smokey si tramutò immediatamente in una scrollata di spalle. Lasciò il braccio della sorella e si aggiustò il giubbotto. — Niente — si affrettò a rispondere. — Sto facendo un giro con Bryan e Jake.

— È stata la mamma che ti ha mandato a cercarmi? — chiese sospettosa.

— Ma figurati!

Nina mise il broncio. — Non fate altro che controllarmi. Non ho mica *sei* anni, sai? Posso venire nel bosco... se mi va... — Il suo tono vacillò, nel bel mezzo di quella permalosa dichiarazione, quando si rese conto di dove si trovava, incapace di ricordare come ci fosse arrivata e perché.

Si voltò di scatto, e quando vide la fila di sassi le brillarono gli occhi. — Ehi, guardate! Ve l'avevo detto che c'erano delle cose nel bosco. Sono i sassi dei Passi del Diavolo, proprio come dice la filastrocca.

Si diresse da quella parte e Smokey scattò per fermarla. Ma Bryan lo bloccò con una mano sul petto e guardò dietro di lui, verso le ombre in fondo alla radura. Ai margini del suo campo visivo avrebbe giurato di aver visto delle figure indistinte come immagini residue fluttuanti che guardavano dalla loro parte. — Non c'è problema, Smokey — gli disse piano. L'amico gli rivolse un'occhiata scettica, ma non oppose resistenza.

Respingere l'assalto dell'Uomo Nero non sarebbe servito a niente, cosí come non sarebbe servito a renderti immune dai brutti sogni svegliarti durante un solo incubo. Bisognava andare piú a fondo, bisognava arrivare all'origine. Alla *ragione*.

L'Uomo Nero era cresciuto intorno a un terribile segreto da lungo tempo sepolto. Ma Bryan e gli altri avevano scavato alla ricerca della verità, si erano faticosamente aperti un varco fino al suo cuore, e non si erano arresi. E adesso... adesso si trattava di affrontare gli spiriti tormentati che indugiavano ancora in quel luogo.

Erano rimasti sepolti senza pace per decenni, ancorando le tenebre su una città che si era dimenticata di loro. Potevano lasciarsi andare, dopo tutto quel tempo? Lo volevano veramente? L'Uomo Nero era l'unica ombra che restava della loro esistenza e ad essa si aggrappavano tenacemente; proprio come Bryan si era aggrappato alla tortura di rivivere ciò che era successo ad Adam, perché era sempre meglio che ammettere che non c'era piú.

Rimasero a guardare Nina che si avvicinava ai sassi. Ignorando il dramma che si consumava alle sue spalle, saltò sui sassi e li percorse facilmente come se non fossero altro che la griglia disegnata col gesso per giocare a campana. — *Per primo viene il fuoco, il sangue per secondo, terza è la tempesta, che al quattro annega il mondo* — disse quasi canticchiando. Bryan immaginò di udire dei deboli sussurri spettrali riecheggiare le sue parole. — *Al cinque c'è la rabbia, al sei l'odio abissale. Settima è la paura, ottavo il piú gran male.*

Smokey e Jake si scambiarono uno sguardo d'apprensione, mentre Bryan li prendeva per i polsi. A fior di bocca recitò le parole insieme a Nina e a quelle voci spettrali udite per metà. — *Il nove è la tristezza, e dieci fa il dolore, all'undici la morte... poi il dodici, l'amore.*

Arrivati all'ultima parte della rima, Bryan sorrise flebilmente e la recitò ad alta voce. — *Tredici passi alla porta del Diavolo. Dall'Uomo Nero non si torna, non si torna davvero.* — Ecco fatto; era finita. Se lo sentiva.

Nina saltò giú dall'ultimo sasso e si voltò con un'espressione di trionfo sul viso, mettendosi le mani sui fianchi. Poi lanciò un grido e incespicò all'indietro mentre la terra cominciava a tremare.

— Che diavolo...? — disse Jake. Smokey attaccò a correre attraverso la radura per raggiungere la sorella, ma Bryan si affrettò ad agguantarlo e a tirarlo giú dai sassi. Si udí un *botto* tremendo e di colpo i Passi del Diavolo cominciarono a sprofondare nel terreno, a scomparire dalla vista.

— Accidenti! — esclamò Smokey, sgranando gli occhi. E mentre il boato andava smorzandosi, rimasero tutti e tre impalati a guardare.

Bryan fu il primo a fare un passo avanti, mettendosi in ginocchio vicino alla crepa che si era appena aperta nella terra e guardando giú.

Era piena di ossa. Ossa di bambini.

Epilogo

Che sensazione strana trovarsi nel bosco con la polizia dappertutto. Come se si chiudesse il cerchio. Solo che adesso non stavano investigando sulla scomparsa di Adam, ma sul suo ritrovamento.

Da quella fossa avevano tirato fuori una quantità spaventosa di piccoli scheletri, e non avevano ancora finito. Uno di quelli probabilmente apparteneva ad Adam, ma Bryan decise che era meglio non sapere quale. Forse gli esami scientifici avrebbero stabilito l'identità di tutti... e forse qualcuno, da qualche parte, sarebbe stato in grado di scoprire i nomi dei bambini sepolti segretamente in quel posto e di farli riposare in pace.

Cosí come avrebbero potuto finalmente riposare tutti gli altri bambini che erano scomparsi in quei decenni.

Gli investigatori dall'aria minacciosa che avevano interrogato lui e gli altri stavano già mormorando qualcosa a proposito di rituali occulti e serial killer. Forse, in un certo senso, la memoria della città di Redford continuava a fare cilecca, o forse preferivano evitare di affrontare un'altra difficile verità. Bryan pensò che non fosse importante; qualunque fosse il potere che aveva trattenuto l'Uomo Nero in quel bosco, era ormai scomparso.

Come pure coloro che +avevano assistito alla sua distruzione.

Smokey aveva trascinato a casa sua sorella, la quale aveva protestato per tutto il tragitto perché voleva rimanere a vedere i poliziotti tirar fuori gli scheletri da sottoterra. Jake era stato costretto a tornare a casa subito dopo, accampando la scusa che i suoi genitori erano in pensiero per lui. Ricordò a Bryan e a Smokey che si sarebbero rivisti l'indomani a scuola. Che strano pensiero.

A quel punto Bryan rimase da solo a guardare la polizia all'opera. Forse avrebbero dovuto mandarlo via, ma non lo fecero. Stava cominciando a piovere.

— Bryan!

Sobbalzò a quel grido quasi sconosciuto, sebbene avesse riconosciuto la voce. Si voltò e vide suo padre che gli correva incontro, scivolando sulla melma. Fu una strana sensazione sentirsi afferrare per le spalle ed essere guardato attentamente, come se lui *esistesse*, come se fosse importante. — Bryan, stai bene?

— Io, ehm, sí... ehm... sí. — Colto alla sprovvista dalla domanda, aveva farfugliato, non sapendo come interpretarla.

Cosí come non seppe interpretare il gesto di suo padre quando lo avvicinò a sé mettendogli un braccio intorno alle spalle e voltandosi a guardare i poliziotti che scavavano. Bryan sollevò lo sguardo e vide il volto del padre segnato dalla paura e dall'ansia... emozioni cupe ma vere, sincere, al posto di quell'orribile torpore.

— Sta arrivando tua madre in macchina. Sarà qui da un momento all'altro.

Anche questo lo lasciò di stucco... l'idea che sua madre non fosse semplicemente scesa dal letto di domenica, ma si fosse messa in macchina con in mente una destinazione precisa.

Non fu piú facile crederci quando la vide correre fra gli alberi, proprio come aveva fatto suo padre, raggiungendoli. — Bryan? — Sembrava spaventata, preoccupata, scioccata, come se si fosse svegliata nel bel mezzo di un incubo.

Per Bryan fu bellissimo.

Non ancora sicuro di ciò che stava succedendo, indicò con un gesto vago i poliziotti. — Loro, ehm, noi... Ho trovato i sassi. Tredici sassi in mezzo al bosco.

— Proprio cosí — mormorò suo padre.

— Quante ossa... — sussurrò la madre con l'angoscia dipinta sul volto.

Suo padre chiuse gli occhi. — Almeno adesso... potranno riposare in pace. Anche se, anche se... — Gli si affievolí la voce e cinse Bryan ancora piú forte. — Be', è sempre meglio che non sapere.

Rimasero vicini, sotto la pioggia, a guardare i poliziotti che si davano da fare. Ma non sembrava la fine di tutto. Piuttosto una pausa per riprendere fiato prima di imboccare una nuova direzione.

I GRANDI

Paul Stewart
Cronache del Bordo

C.S. Lewis
Le Cronache di Narnia
volume primo

C.S. Lewis
Le Cronache di Narnia
volume secondo

C.S. Lewis
Le Cronache di Narnia
volume terzo

Eoin Colfer
Artemis Fowl

Brian Jacques
La vera storia dell'*Olandese Volante*

Joyce Carol Oates
Bruttona & Lingua Lunga

Ursula K. Le Guin
Il Mago

Eoin Colfer
Artemis Fowl - L'incidente artico

William Nicholson
Il ritorno del Cantore

Mary Stewart
La scopa volante

William Nicholson
Il Tempo della Crudeltà

Philip Ridley
Caccia al feroce IellaGel

Neil Gaiman
Coraline

Ursula K. Le Guin
Le tombe di Atuan

Mary Hoffman
Stravaganza -
La città delle maschere

Elvire, Lorris e Marie-Aude Murail
Golem

Herbie Brennan
La guerra degli Elfi

Eoin Colfer
Artemis Fowl - Il codice Eternity

Paul Stewart
Cronache dell'Ombra

William Nicholson
Il Canto delle Fiamme

Terry Pratchett
Il prodigioso Maurice
e i suoi geniali roditori

Luc Besson
Arthur e il popolo dei Minimei

Brian Jacques
Un viaggio senza fine

Neil Gaiman
Stardust

Sylvia Hall
No!

Philip Reeve
Macchine mortali

Mary Hoffman
Stravaganza - La città delle stelle

Ursula K. Le Guin
Il Signore dei Draghi

Yehuda Nir
Diario di Yehuda

G. P. Taylor
Il Signore delle Ombre

Will Gatti
Samir e la squadra magica

SF Said
Artiglio Lucente

I GRANDI

Eoin Colfer
I Predatori Blu

Terry Pratchett
L'intrepida Tiffany e i Piccoli Uomini Liberi

Cornelia Funke
Il Re dei Ladri

Anna Dale
Fruscio di streghe

Luc Besson
Arthur e la città proibita

Steven Voake
Le tre lune di Aurobon

G. P. Taylor
La cometa nera

Michelle Paver
La magia del lupo

Philip Reeve
Freya delle Lande di Ghiaccio

Holly Black
La fata delle Tenebre

Blue Balliett
Vermeer e il codice segreto

Herbie Brennan
La guerra degli Elfi - Il nuovo re

Sergej Luk'janenko
I Guardiani della Notte

Mary Hoffman
Stravaganza - La città dei fiori

Eoin Colfer
Artemis Fowl - L'inganno di Opal

C.S. Lewis
Le Cronache di Narnia
Edizione in volume unico

Valerio Massimo Manfredi
Il romanzo di Alessandro

Terry Pratchett
Un cappello pieno di stelle

Cornelia Funke
Cuore d'inchiostro

C.S. Lewis
Il leone, la strega e l'armadio

Luc Besson
Arthur e la vendetta di Maltazard

Christine Morton-Shaw
L'Enigma di Epsilon

Sergej Luk'janenko
I Guardiani del Giorno

Matthew Skelton
Il libro del drago

Holly Black
Le fate sotto la città

Carl Hiaasen
Tutto scorre...

Giulio Leoni
La compagnia dei serpenti - Il deserto degli spettri

Michelle Paver
Il ritorno del lupo

Licia Troisi
Le Guerre del Mondo Emerso - La Setta degli Assassini

Justin Somper
Vampirates - I demoni dell'oceano

Rafael Ábalos
Grimpow - Il sentiero invisibile